도전에는 마침표가 없다

도전에는 마침표가 없다

발행일	2019년 3월 20일
지은이	이형철
편집	문혜영, 권민진
디자인	(주)북랩
펴낸이	원성철
펴낸곳	(주)꿈틀
출판등록	2015년 12월 1일(제2015-000053호)
주소	제주도 제주시 관덕로3길 1-1
전화	064-805-0277
홈페이지	www.memorialbook.kr
이메일	edit@memorialbook.kr
인쇄	(주)북랩
ISBN	979-11-88147-69-4 03810

이 도서의 국립중앙도서관 출판예정도서목록(CIP)은 서지정보유통지원시스템 홈페이지(http://seoji.nl.go.kr)와
국가자료공동목록시스템(http://www.nl.go.kr/kolisnet)에서 이용하실 수 있습니다.
(CIP제어번호 : CIP2019006395)

도전에는 마침표가 없다

이형철 지음

맨손으로 운명에 맞선 농부 이형철의 이야기

책을 펴내며

　나는 농부다. 이름 있는 정치인도 사업가도 아닌 내가 자서전을 펴내게 된 것은 사회적 의무감 때문이다. 지금 우리 사회에서 가장 힘든 세대는 2, 30대의 젊은이들이다. 그들에게 희망의 메시지를 전하고자 이 글을 쓰게 되었다. 팔십 평생 살아오는 동안 수많은 경험을 통해 터득한 삶의 지혜를 그들에게 전하는 것이 어른으로서 해야 할 일이라고 생각한다. 내가 터득한 지혜는 학교에서 배운 지식도, 책을 통해서 얻은 것도 아니다. 온몸으로 체득한 것들이다.

　내가 중학교 2학년일 때 6·25전쟁이 일어났다. 함경도에서 살고 있던 나는 북진하고 있던 국군들에게 짐꾼으로 차출되어 3년간 전장을 누비었다. 그리고 아는 사람이 한 명도 없는 남한에서 가진 것 하나 없이 뿌리를 내려야 했다. 울산 언양에서 8년간 머슴살이를 하면서 받은 새경을 허투루 쓰지 않고 모았지만 사람 말만 믿고 빌려주었다가 모두 잃어버렸다. 그 후 곡괭이 한 자루로 하루도 쉬지 않고 만 평의 땅을 개간했지만, 이도 지키지 못했다. 어디 이뿐이랴. 월남에 가서 목숨의 위협을 받으며 벌었던 돈도 지키지 못했다. 그때는 병까지 얻어 몸의 건강까지 잃었다.

이처럼 내 삶은 뿌리를 내리려고 할 때마다 몇 차례나 뿌리째 뽑혀 내팽개쳐졌다. 하지만 나는 그런 운명 앞에서 굴하지 않았다. 그 덕분에 지금 나는 다른 사람들에게 도움을 주며 여유롭게 살아가고 있다.

요즘 젊은이들은 나보다 훨씬 좋은 여건 속에서 살고 있다. 그러니 나보다 더 부자가 될 수 있다. 나는 제대로 배우지도 못하고 무지하여 내가 땀 흘리며 벌었던 것들을 지키지 못하였다. 사기를 두 번이나 당하였다. 지금 젊은이들은 나보다 훨씬 더 많이 배웠다. 그리고 지금은 일자리가 넘쳐난다. 당시 내가 머슴살이를 했던 것은, 6·25전쟁으로 온 국토가 초토화되어 일자리가 없었기 때문이다. 지금 실업자가 많은 것은 일자리가 부족해서라기보다는 자기 입맛에 맞는 일자리만을 고집하다 보니 그런 것이다. 아무것도 없는 상황에서 나는 맨손으로 시작하여 지금의 부를 잃었다. 그 와중에 몇 번이나 모든 것을 잃고 맨손으로 다시 시작하였다. 지금 당신은 젊은 날 나보다 훨씬 더 좋은 출발선에 서 있다. 그러니 당신은 나보다 더 잘살 수 있다. 나보다 더 큰 부자가 될 수 있다.

이처럼 좋은 여건 속에 있는데도 다들 살기가 힘들다고 한다. 왜 그럴까. 고생을 하지 않고 달디단 결과물만 원하기 때문이다. 요즘 젊은이들은 고통을 견디는 힘이 약하다. 자신의 손바닥을 찌르는 가시의 고통도 참아내지 못할 만큼 약하다. 뜨거운 여름도 추운 겨울도 없이 마냥 따뜻한 봄과 같은 날씨 속에서 자란 나무는 열매를 맺지 못한다. 거센 비바람과 뜨거운 햇빛과 한겨울의 추위도 견딘 나무만이 열매를 맺는다. 사람의 인생도 마찬가지다. 달디단 열매를 얻기 위해서는 고통을 감내해야 한다. 감자 한 톨을 얻기 위해선 씨앗을 심고 김도 매주고 비료도 줘야 한다. 얻고자 하는 것이 있으면 고통을 감수해야 한다. 얻고자 하는 것이 크면 클수록 더 많은 노력을 해야 한다. 아무런 노력 없이 달달한 열매만을 바라는 것은 도둑놈 심보이다.

지금도 나는 새벽에 일어나 일을 한다. 이 세상에서 일을 많이 한 사람들의 순위를 매긴다면 나는 상위권에 속할 것이다. 고생을 두려워하지 말라. 지금 젊은이들은 나보다 더 좋은 출발선에 서 있다. 내가 살아온 이야기가 부디 젊은 사람들에게 힘이 되고 희망이 되기를 바란다.

2019년 3월 울산에서

이형철

차례

3부 장년 시절

1부

소년 시절

전쟁의 소용돌이 속에서

열다섯 살에 전장에 끌려가다

1950년 6월 25일 새벽, 북한 인민군이 남한을 침공하였다. 우리 민족의 최대 비극이 시작된 것이다. 북한군은 3일 만에 서울을 함락하고 경기도, 강원도, 충청도, 전라도, 경상북도까지 점령하였다. 3개월도 못 되어 낙동강 지역을 제외한 전 국토가 북한군에 점령된 것이다. 그러나 9월 15일 인천상륙작전이 성공하면서 국군과 유엔군이 총반격에 나서 9월 28일 서울을 탈환하였다. 국군과 유엔군은 그 기세로 38선을 넘어 황해도, 평안도 그리고 함경도까지 거침없이 진격하였다.

당시 열다섯 살이었던 나는 이북의 큰집에 살고 있었다. 큰집은 함경남도 단천군 북두일면 신덕리에 있었다. 인민군이 퇴각하고 국군이 북진을 해오자 마을 사람들은 전화를 피해 피난을 떠났다. 할아버지와 큰집 식구들도 짐을 꾸려서 마을 사람들과 한께 떠났다. 우리 식구는 할아버지와 큰어머니, 나와 세 명의 사촌 동생까지 해서 여섯 명이었다. 큰아버지는 다른 곳에 피신해 있었다. 다섯 살 된 사촌 남동생을 제외한 모두가 짐 보따리를 들거나 머리에 이고 갔다. 또래보다 키도 크고 덩치가 좋은 편에 속한 나는 무거운 등짐을 메고 나섰다.

그때 북진 중이었던 국군 3사단 23연대 3대대 11중대 병력은 함경남도 단천군 북두일면에서 잠시 주둔하고 있었다. 마을 사람들의 피난 대열이 북두일면 대신리에 이르렀을 때 그들과 조우했다. 삼수, 갑산으로 진격할 채비를 하고 있었던 국군은 한 집에 한 사람씩 차출하였다. 보급품을 운반할 인력이 필요한 것이었다. 그 누구도 거역할 수 없는 명령이었다. 우리 집에서는 내가 차출되었다. 할아버지와 식구들의 걱정스러운 눈길을 받으며 북진하는 국군들을 따라나섰다. 1950년 10월 17일의 일이다.

처음으로 겪은 육체적 고통

푹푹 빠지는 눈길을 걸어가는 병사들의 발자국과 거친 호흡 소리만 들릴 뿐, 세상은 조용했다. 하얗게 쌓인 눈이 어둠을 밀어내며 길을 밝혀주었다. 3소대 병사들과 함께 북쪽으로 행군하는 중이다. 집을 떠난 지 벌써 한 달이 지났다.

보급품이 든 등짐을 메고 국군을 따라 이동했을 때 가장 먼저 찾아온 고통은 양쪽 어깨의 통증이었다. 양어깨에 바윗덩어리를 매달고 행군하는 듯했다. 그리고 하루에 수십 리를 이동하다 보니, 발바닥이 성할 리가 없었다. 온통 물집이었다. 시간이 흐르자 양쪽 어깨의 통증은 점차 둔해졌고 발바닥은 물집이 잡히고 터지는 것을 반복하면서 굳은살이 자리를 잡아갔다.

하지만 시간이 흘러도 익숙해지지 않는 고통이 있었다. 잠을 자지 못하는 게 그리 고통스러울지 몰랐다. 밤에 이동하다 보니 늘 잠이 부족했다. 걷는 도중에도 순간순간 잠이 들었다. 대열을 벗어나 길가에 그대로 쓰러져 눕고만 싶었다.

그런데 이처럼 반쯤은 잠에 취해 행군하던 내가 정신을 바짝 차릴 때가 있었는데, 삼수, 갑산 쪽으로 가는 철길을 따라 행군할 때였다. 행군하다 보니 어느 순간 철길은 깊은 계곡을 가로지르는 철교로 바뀌어 있었다. 저 길을 건너야 한다니! 건너기도 전부터 더럭 겁이 났다. 철길 아래 계곡은 바닥이 보이지 않을 만큼 깊고 어두웠다. 두려움과 공포로 가슴을 졸이며 한 걸음 한 걸음 걸어나갔다. 머리털이 곤두섰다. 시간이 얼마나 흘렀을까. 철교를 다 건너자 그대로 기진맥진하고 말았다. 두 번 다시 건너고 싶지 않은 길이었다. 그런데 나와 달리 병사들은 무심한 얼굴로 그 길을 건넜다. 그런 병사들을 보니 내가 나약하게 자랐구나 하는 생각이 들었다. 어린 나이에 어머니를 잃고 고아처럼 큰집에서 생활하여 서러움을 많이 겪었지만 이런 육체적 고통은 처음이었다.

11월이 되자 눈이 내리기 시작했다. 국군은 갑산을 거쳐 혜산까지 진군할 계획이었다. 삼수, 갑산의 겨울 날씨는 평균 영하 20

도였다. 눈 덮인 길을 밤이고 낮이고 걷고 또 걸었다.

"11월인디 눈이 펑펑 와부네. 허벌나게 춥네."

북쪽의 추위를 처음 겪는 남쪽 지방 출신의 군인들은 추위에 진저리쳤다. 이북에서 살았던 내게도 이곳의 추위는 견디기 힘들었다. 추위로 굳어진 손과 발은 아무런 감각이 느껴지지 않았다. 처음엔 입김으로 굳은 손을 녹여보기도 했지만 아무런 소용이 없다는 걸 알고는 그만두었다. 무엇보다 그대로 눈밭에 누워서 자고만 싶었다. 제대로 떠지지 않은 눈으로 추위에 벌벌 떨며 병사들 뒤를 간신히 쫓아가는 중이다. 잠이 쏟아지고 다리가 천근만근 무거워도 추위가 바늘처럼 살갗을 찔러대도 달리 어찌해볼 도리가 없었다.

삼수를 지나 갑산에 미처 다다르지 못했을 때였다. 목적지인 혜산이 아닌, 열차를 타고 길주를 거쳐 나진까지 이동하였다. 몇백 리 길을 열차로 편하게 이동한 것이었다. 나진에 도착하고 나서 짐을 풀기도 전에 다시 성진까지 이동 명령이 하달되었다. 국군이 이처럼 북진을 하지 못하고 퇴각하게 된 것은 3백만 명의 중공군이 참전하였기 때문이다. 국군은 두만강을 눈앞에 두고 후퇴할 수밖에 없었다. 제2차 세계대전이 끝난 지 5년 만에 6·25 전쟁은 유엔군과 중공군의 참전으로 자칫 세계대전으로 이어질 수도 있는 형국이 되고 만 것이다.

보급대로서의 임무가 끝난 나는 군인들에게 행선지를 물어보았다. 배를 타고 흥남에 갈 거라고 했다. 그때 아버지가 흥남에 계셨기 때문에 나도 LST(미국의 상륙 작전용 수송함)에 올랐다. 홍남에 가면 아버지와 동생들을 볼 수 있겠구나 했다. 함께 차출된 마을 사람 중 일부는 가족들이 있는 단천으로 돌아가고, 일부는 전선이 남하하고 있어서 나처럼 배를 타고 남쪽으로 내려갔다.

이름 없는 군속으로 군에 남다

넘실거리는 동해의 파도를 헤치고 도착한 곳은 흥남이 아닌 구룡포라는 곳이었다. 흥남이 이미 인민군과 중공군의 수중에 들어가 있어서 이남의 구룡포로 오게 된 것이다. 구룡포는 처음으로 발을 디딘 이남 땅이었다. 들도 산도 물도 모두 낯설었다. 아는 사람이 한 명도 없는 곳에서 내가 갈 데라고는 없었다. 보급대로 차출된 이후 행군을 하며 함께 고생한 군인들이 제일 익숙한 사람들이었다. 소대장인 허정숙 소위가 오갈 데 없는 나를 자신의 동기인 김수용에게 맡겼다. 사실 허정숙 소위는 나를 마산에 있는 자신의 집에 보내려고 했다. 혼인한 지 얼마 되지 않아 입대하게 된 허 소위는 전쟁 중에 혼자 있을 아내를 걱정했다. 그래서 내가 아내 옆에 함께 있어 주기를 바랐다.

"마산으로 보내주마. 거기서 내 처랑 지내고 있으면 나중에 내가 공부도 시켜주겠다."

그러나 최일선에 있었던 허 소위는 그 약속을 지킬 수가 없었다. 그 대신 대대 부과으로 있는 자신의 동기 김수용에게 나를 부탁했다. 김수용은 인사과의 부관이었다. 그렇게 해서 3사단 23연대 3대대의 인사과에서 밥 심부름도 하고 군인들의 잡다한 심부름을 했다. 군속들이 하는 일이었다. 그러나 나는 군대 내 명단에 올라가 있는 정식 군속은 아니었다.

대대는 일선이 있고 일선보다 조금 떨어진 곳에 후방이 있는데, 후방에는 OP와 CP가 있다. CP에는 일선에 탄약 등을 보급하는 보급과와 인력을 보충하는 인사과가 있다. 나는 CP의 인사과에 속했는데, 인사과는 대대에서 일어난 상황과 현황을 정리하여 후방으로 보냈다. 전투를 수행하는 일선에서 일어난 모든 상황은 일보계로 오고, 그 정보는 후방으로 전달되었다. 그러니 전선에서 일어난 모든 일은 1시간 후면 다 알게 되었다. 전투에서 몇 명이 죽고 몇 명이 부상당했다는 현황이 후방에 전달되는 것이다. 총알이 날아다니고 폭격이 벌어지는 일선의 피비린내는 살육의 현장은 아니지만, 급박한 전투 현장을 실시간으로 체감하는 곳이다. 일선과 OP, CP는 대대라는 조직으로 엮인 하나의 유기체라고 할 수 있다.

나는 CP에서 밥을 운반하거나 심부름을 한다든지 등의 잡일을 했다. 전쟁을 수행하는 일선은 아니었지만, 전투 현장에서 멀지 않은 곳에 있었으니, 전쟁의 위험에서 벗어날 수는 없었다. 달리 갈 데가 없는 나로서는 다른 선택이 없었다. 이남에 아는 사람도 없고 이곳의 실정도 모르니 내게는 후방이나 전방이나 별 차이가 없었다. 무엇보다 보급대로 차출되어 군부대를 따라다니는 동안 안면을 익힌 군인들과 친해져 있었다. 군인들은 자신들의 잡다한 일이나 심부름을 열심히 하는 나를 잘 챙겨주었다.

이렇게 이북에서 차출된 나는 이름 없는 군속으로 남아 6·25전쟁을 수행하게 되었다. 전쟁은 학교생활을 열심히 하고 있던 열다섯 소년의 운명을 송두리째 바꾸어 버렸다. 어찌 나뿐이었겠는가. 우리 겨레 3천만의 운명이 전쟁의 소용돌이 속으로 휩쓸려갔다. 전쟁이 벌어지는 3년 동안 군에 있었던 내가 그 소용돌이 속에서 목숨을 잃지 않은 것은 기적이었다.

눈 침대에서의 꿀잠

1950년 12월 배를 타고 구룡포에 도착한 23연대는 북쪽에 형성된 전선에 합류하기 위해 포항으로 행진했다. 구룡포에서 포항까지는 80리다. 십 리를 가는 데 한 시간 정도가 걸리니, 꼬박 8시간이 걸리는 거리다. 구룡포에서 저녁에 출발해서 밤새 걸어서 새벽에 포항에 도착했다. 다시 경주까지 행진하여 경주에서 기차로 원주까지 이동하였다. 원주에서 횡성, 홍천, 춘천까지 이동하였다.

그러나 다시 후퇴하여 횡성 지역에 도착했을 때다. 1월이라 눈이 많이 내렸다. 푹푹 들어가는 눈길을 밟으며 행진하는데 '십 분간 휴식!'이라는 명이 떨어졌다. 그 말이 떨어지자마자 그대로 눈밭에 쓰러졌다. 이내 잠이 들었다. 눈밭은 차가웠지만, 침대에 누운 것처럼 푹신했다. 눈처럼 순백한 꿀잠이었다.

군인들은 대개 밤에 이동한다. 낮에는 노출되어서 기습 공격을 받을 위험이 크기 때문이다. 밤에 이동한다고 해서 낮에 잠을 충분히 잘 수 있는 것도 아니다. 전선이라는 게 수시로 달라지기 때문에 며칠씩 잠을 안 자고 행군할 때가 많다. 대체로 네 시간 행군하고 잠깐 쉬는데, '휴식!'이라는 명이 떨어지면 그대로 고꾸라져 바로 잠이 든다.

더군다나 군인은 대략 26kg의 짐을 짊어지고서 행군한다. 총은 어깨에 메고 벨트에 총알, 수류탄, 수통을 줄줄이 찬다. 그리고 배낭에는 옷, 양말, 신발 등의 관물과 이틀 치의 식량, 밥을 하는 도구인 항고가 있다. 대개는 한 되 정도 되는 쌀, 즉 2kg의 쌀을 양말 두 짝에 1kg씩 나눠 담은 후 묶어서 목걸이처럼 걸고 다닌다. 박격포 같은 장비를 갖고 다니는 중화기 소대는 이보다 더 무거운 짐을 지고 행군한다. 이 무게를 지고 낮에 제대로 잠을 자지 못하고 밤에 행군하니, 행군하다가 고꾸라지는 병사를 심심치 않게 볼 수 있다. 행군하면서 깜박 잠이 든 것이다.

3개 사단이 중공군에 포위된 현리 전투

1951년 1월 4일, 국군은 북한군에게 서울을 다시 빼앗겼다. 우리 부대는 1·4후퇴로 횡성에서 원주, 단양, 제천까지 후퇴하였지만, 곧 전세를 회복하여 북상하였다. 국군과 유엔군은 우세한 화력으로 3월 5일 다시 서울을 되찾았다. 그 후 국군과 인민군, 중공군은 38선을 중심으로 오르락내리락 대치하였다.

1951년 5월, 강원도 인제군 현리에 1개 군단 병력, 즉 3사단, 6사단, 7사단의 병력 4만 명가량이 집결해 있었다. 그런데 중공군과 인민군이 포위하며 진격해 들어오기 시작하였다. 그러자 다급하게 퇴각하지 않을 수 없었다. 사단장은 중요한 인물이므로 정찰기 같은 비행기가 와서 수송해 가는데, 그때는 워낙 다급해서 사단장이나 고문관도 병사들과 같이 후퇴하였다.

펑! 펑! 펑! 터지는 소리에 돌아보니, 높이 치솟은 불길이 온 세상을 환하게 밝히고 있었다. 불구경이라는 말이 있듯이 이곳이 싸움터가 아니었다면 대단한 장관이라 할 만했다. 그러나 지금 수만 명의 중공군과 인민군이 시시각각 포위해 오고 있었고 무엇보다 불타고 있는 것은 3개 사단에 공급된 보급품이었다. 군단 병력이 주둔하고 있어서 며칠 전 수송기가 대량의 보급품을 공급해 주고 간 것들이다. 적들에게 쫓기는 급박한 상황에서 가지고 갈 수 없었다. 그렇다고 그대로 놔두고 가자니 적들의 수중에 들어갈 터. 식량과 포탄 등의 보급품을 불태워서 없애버릴 수밖에 없었다. 포탄이 터지는 소리가 엄청났다.

그때 4, 50명을 태우는 수송차량이 몇백 대 있었지만, 포위망을 뚫지 못하고 긴 행렬로 멈춰 있었다. 그래서 퇴각하면서 휘발유를 끼얹어서 파손하라는 명령이 내려졌다. 수송차량에 있었던 부상병은 어떻게 되었을지……. 그때 국군은 오합지졸에 불과했다. 자기 목숨 하나 건사하기도 힘든 판이었다. 부상병을 챙길 여력이 있었을까 싶었다.

뒤에서 총 쏘는 소리와 포탄 터지는 소리에 쫓겨 걷고 또 걸었다. 그러다 강을 만나면 옷을 벗고 건넜다. 나중에는 옷 벗고 건널 시간적 여유도 기력도 없었다. 그렇게 몇 번이나 북한강을 건너서 후퇴하였다.

어느 병사가 내민 손에 목숨을 구하다

숯덩이들이 발갛게 익고 있었다. 따뜻했다. 그 불을 가까이 쬐려고 좀더 몸을 앞으로 수그렸다. 화롯불 위에서는 꼬챙이에 꽂힌 인절미가 노릇노릇 구워지고 있었다. 입에 침이 고였다. 할아버지가 인절미 꼬챙이를 내게 건넸다. 그 꼬챙이를 잡으려고 손을 내밀었을 때였다. 뚝. 차가운 것이 떨어졌다. '뭐지?' 하면서 꼬챙이를 잡았다. 뚝. 다시 차가운 뭔가가 떨어졌다. 그 순간 모든 것이 사라졌다. 밝게 타오르던 숯불도, 인절미도, 할아버지도. 깜깜했다. 무슨 일이 일어나는지 알 수가 없었다. 깊은 어둠 속으로 몸이 한없이 가라앉고 있었다. 평안했다. 그대로 내 몸을 맡기고 싶었다. 뚝. 다시 차가운 것이 떨어졌다.

순간 온몸에 냉기가 엄습했다. 그제야 내가 잠들었다는 것을 깨달았다. 눈을 떠야 한다는 것을 알았지만, 눈을 뜨기가 힘들었다. 한 꺼풀에 불과한 눈꺼풀이 천근만근의 무게로 다가왔다. 간신히 눈꺼풀을 들어올렸다. 하늘에서 눈이 섞인 비가 내리고 있었다. 5월 중순인데 진눈깨비가 내릴 수 있나 싶었다. 추운 지역이니 그럴 수도 있겠다 싶었다. 아니면 우박이 섞여서 내리는 건지도 몰랐다.

'일어나야 하는데……. 이러고 있다가는 죽을 텐데…….'

가물가물한 의식 사이로 이런 생각이 떠올랐지만, 몸은 꿈쩍도 하지 않았다. 그대로 다시 잠들고만 싶었다. 이틀 밤낮을 걷고 또 걸었다. 그동안 먹은 것은 아무것도 없었다. 부족한 잠과 굶주림으로 탈진한 나는 자신도 모르는 사이 산길에 쓰러져 잠든 것이었다. 중공군과 인민군이 뒤에서 추격해 오고 있는 상황이었다.

"또 하나 죽는구나." 하는 소리가 귓전에 들려왔다. 지친 몰골의 군인들이 쓰러져 있는 나를 지나쳐 가고 있었다. 자신의 몸 하나도 건사하기에 힘든 상황이라 나처럼 낙오한 병사에게 아무런 관심도 두지 않았다. 나를 지나쳐가는 군인들의 발소리를 들으며 수렁처럼 잡아당기는 잠에 다시 빠져들 때였다. 누군가 내 앞에 발걸음을 멈추었다. 무심한 표정으로 내게 손을 내밀었다. 허기와 잠의 미련을 끊지 못한 가운데 나는 그 손을 잡았다. 나무껍질처럼 거칠면서도 따뜻한 손이었다. 그 손은 잠의 수렁 속에서 헤매고 있던 나를 힘껏 잡아당겨 올렸다. 그 투박한 손이 나를 죽음에서 건져냈다.

탈진과 굶주림으로 낙오한 병사들은 길가에 쓰러져 그대로 목숨을 잃었다. 아니면 적군의 총탄에 희생되거나 포로가 되었다. 나 또한 그 손이 없었다면 아마도 목숨을 잃었을 것이다. 지나가던 군인이 내민 손에 의지해 일어나 다시 행군하면서 그제야 정신이 번쩍 들었다. 여기가 전쟁터이고 그 산길에서 내가 그대로 낙오되어 잠들었다면 필시 적군에게 사살되거나 포로가 되었을 거라는 생각에 오싹해졌다.

모기떼에 시달리는 행복한 고통

수적으로 훨씬 우세한 국군들이었지만 한번 밀리기 시작하자 응전은 엄두도 못 내고 도망치기에 바빴다. 전쟁 중에 후퇴라는 것은 힘없는 군인이 도망가는 것이었다. 그래서 인민군 한 명이 손을 들라고 하면 국군 30명이 손들고 나왔다. 한번 기세가 꺾이면 그렇게 되는 것이다.

1951년 5월 국군들은 중공군과 인민군의 공격을 피해 강원도 인제군 현리를 벗어나 오대산을 넘어 진부령에 집결했다. 진부령에 도착하여 내가 속한 부대를 찾았다. 700여 명 되는 대대 병력이 반으로 줄어들어 있었다. 다른 대대나 사단의 상황도 비슷했다. 내가 속한 인사과에서는 다행히 죽은 사람이 없었다. 현리전투로 손실된 병력을 보충하고 전열을 가다듬어 동부전선에 합류하였다. 나중에 동해안 전투에서 인민군을 잡았는데, 알고 보니 7사단, 3사단 소속 국군이었다. 현리전투 때 포로로 잡힌 국군들이었던 것이다. 국군과 인민군 양쪽 모두 병사들이 수없이 죽어가는지라 늘 병력이 모자랐다. 그래서 포로로 잡은 국군들을 몇 달간 정신교육을 해서 인민군으로 내보낸 것이었다.

퇴각 중에 죽은 군인들은 실종으로 처리되었다. 쫓기는 상황에서 길가에 쓰러져 숨진 시신들을 챙길 수는 없었다. 그렇게 아무도 거두어주지 않은 시신들이 참으로 많았다. 그 젊은 영혼들이 산천을 헤매지 않고 평안히 잠들었기를 바랄 뿐이다.

날이 점점 더워지고 있었다. 더위와 함께 찾아온 반갑지 않은 손님이 있었으니, 모기떼다. 여러 마리의 모기가 얼굴에 앉은 것을 느꼈다. 철썩, 철썩. 그대로 눈 감은 채로 손바닥으로 얼굴을 몇 번 쳤다. 그러나 인해전술을 펼치는 중공군처럼 모기떼들이 다시 몰려왔다. 얼굴, 손, 발바닥 등 모기떼가 물어뜯지 않은 곳이 없었다. 모포를 뒤집어썼지만, 소용이 없었다. 머리 속까지 쏘아댔다.

"이씨!"

결국 일어나 앉고 말았다. 이처럼 모기떼 때문에 잠을 설친 지가 벌써 보름째다. 짜증이 나서 모기 물린 자리를 사정없이 박박 긁었다. 내일 아침에 보면 손톱자국이 죽죽 나 있을 것이다. 막사 안의 다른 군인들도 나와 마찬가지로 모기떼 때문에 잠을 설치고 있었다.

"중공군보다 더 무서운 놈이 이놈의 모기떼여."

누군가 한마디하였다. 그 말에 피식피식 웃는 소리가 여기저기서 들렸다. 졸음이 몰려왔다. 다시 자리에 눕자 기다렸다는 듯이 중대 병력의 모기떼가 윙윙거리며 달려들었다. 그때 문득 그런 생각이 들었다. 얼마나 많은 젊은이가 전쟁터에서 목숨을 잃었는가, 이렇게 살아있는 것만으로 얼마나 감사한 일인가. 모기에

뜯기는 이 고통도 내가 살아있어서 느끼는 것이 아니겠는가. 새삼 내가 살아있다는 것을 느꼈다.

'이렇게 살아있으니 모기떼에도 물어뜯기는 거 아닌가. 그래, 맘껏 물어뜯어라.'

이러다 죽는 거 아녀

1951년 봄 이후에는 38선을 중심으로 전선이 오르락내리락했다. 전선이 크게 북상하거나 남하하지 않았다. 1951년 겨울, 부대가 강원도 화천에 주둔했을 때 민간인이 피난을 간 빈집에서 머물렀다. 산골짜기에 있는 부락이었다. 큰 위채에는 인사과 요원이, 아래채엔 군속 이창호와 부관 당번인 일병 복동이, 나 이렇게 셋이서 기거했다. 강원도 지역이라 눈이 많이 내리고 오랫동안 영하의 날씨가 지속되었다. 보급과가 아랫마을에 있어서 날마다 밥을 운반하러 1㎞씩을 왕복해야 했다. 그때 고향에서 탔던 썰매 생각이 났다.

눈이 흔한 함경도에서 썰매는 교통수단이었다. 물론 아이들에게는 즐거운 놀잇감이기도 하다. 그래서 어렸을 때부터 썰매 타는 법을 배우고 좀더 머리가 굵어지면 자기가 탈 썰매를 직접 만들게 된다. 함경도에서 타는 썰매는 남한에서 아이들이 얼어 있는 강 위를 타고 다니는 썰매와 같은 모양이 아니고 스키처럼 생긴 것이다. 스키가 두 개의 막대로 탄다면, 함경도 썰매는 막대기 한 개에 의지해서 탄다는 점이 다르다.

썰매를 만들기에 적당한 나무를 베어 와서 호롱불 아래에 앉아서 눈밭에서 잘 나갈 수 있도록 칼로 다듬었다. 내가 썰매 만드는 것을 호기심 어린 눈빛으로 지켜보던 복동이가 말했다.

"나도 타는 것 좀 가르쳐 주라."

"네, 그럴게요."

밤늦게까지 썰매를 다 만들고 나서야 잠자리에 누웠다. 내일 썰매를 탈 생각을 하니 가슴이 설렜다. 고향에서 친구들과 누가 더 빠르게 썰매를 타나 하고 경주를 벌이던 기억이 떠올랐다. 승부욕이 강했던 나는 경주에 지면, 이길 때까지 시합을 벌이고는 했다. 동무들과 겨울의 찬 공기를 가르고 달리던 기분이라니! 그렇게 달리다 보면 우리들의 볼은 어느새 발개져 있었다. 그 친구들은 지금 어디에서 무얼 하고 있을까. 어쩌면 인민군으로 전투를 수행하고 있을지도, 아니면 남쪽으로 피난을 가서 후방에 있을지도 모른다. 혹은 이 세상에 없을지도…. 더 이상 생각하고 싶지 않았다. 다만 어디에 있든 살아있었으면 했다. 그래서 이 전쟁이 끝나고 다시 만나서 설원을 달렸으면 했다. 그런 생각을 하며 잠이 들었다.

"오매, 이게 뭔 일이여!"

호들갑스러운 복동이 소리에 일어나 보니, 우리 세 사람의 얼굴이 퉁퉁 부어 있었다. 얼굴만 그런 게 아니라 온몸이 다 부어 있었고 가렵지 않은 데가 없었다. 게다가 내 손바닥은 검게 물들어 있었다.

의무대에 가니 옻독이라고 했다. 내 손바닥이 검은 것은 옻나무 진 때문이었다. 썰매를 만들려고 베어 온 나무가 옻나무였던 것이다. 옻은 옻나무를 스치기만 해도 오르는 것인데, 썰매를 만든다고 방에서 옻나무 껍질을 벗기고 그대로 놔둔 채 잠을 잤으니! 일선 의무대에 총탄에 대한 약은 있어도 옻에 대한 약이 있을 리가 있겠는가. 있는 것은 피부약뿐이어서 이를 받아와서 발랐지만 아무런 효과 없이 점점 증상은 심해졌다. 가려움 때문에 밤에 잘 수가 없었다.

그때 군인 중에 농촌 출신이 있었는데, 그 사람이 하는 말이 옻독이 몸속으로 들어가면 죽는다고 하는 게 아닌가. 그 말을 들은 복동이가 "이러다 죽는 거 아녀?" 하며 겁에 질려서는 울기 시작했다. 나 때문에 벌어진 일이라 미안했다. 그러면서도 나보다 네 살이나 많은 어른이 엉엉 소리를 내며 우는 것을 보니 난감하기도 하고 우습기도 했다. 그런데 지금에 와서 돌이켜 생각해 보면 나보다 네 살 많다고 해도 21살이었으니, 어린 나이였다.

며칠 지난 후 다행히 몸은 나아졌다. 그래서 아랫마을로 밥을 가지러 갈 때면 내가 만든 썰매를 타고 내려갔다. 군인들은 그런 썰매를 타는 모습을 처음 봤는지, 나를 구경거리인 양 쳐다봤다. 그러고는 "야, 잘 탄다." 하며 감탄하곤 했다.

재봉틀을 지고 다니던 어느 군속

대대 인사과에서 있으면서 만나게 된 사람 중 기억나는 사람이 몇 명 있다. 가장 기억나는 사람은 대대 보급과에 있었던 군속이다. 김해 사람인 이 군속은 정식 군속으로 차출된 이였다. 당시 군속은 신체적인 문제 때문에 군인이 되지 못한 사람들이 대부분이었다. 그 군속은 다른 사람들의 짐보다 두 배나 더 무거운 짐을 짊어지며 행군했다. 그가 다른 사람들보다 기운이 좋은 장사여서 군 장비를 더 짊어지고 다녔던 것은 아니다. 기본적인 물품 말고 그에게는 다른 사람들에게 없는 한 가지가 있었으니, 재봉틀이었다. 군속이 재봉틀이라니, 무슨 일인가 하고 의아할 것이다. 부대가 평창에 주둔했을 때, 그는 사람들이 피난을 떠난 빈집에서 재봉틀을 발견했다. 그때 그는 부잣집에 있던 재봉틀을 보고 부러워하던 아내 생각이 났다. 그도 그의 아내도 가난한 집에서 태어났다. 가난한 집안 출신의 두 사람은 혼인했고, 그들의 살림도 자신들의 부모처럼 가난했다. 그는 배낭 위에 재봉틀을 묶고 다녔다. 그걸 본 사람들은 한마디씩 했다.

"마누라가 엄청 이쁜가 보네."

"사람이 미련하기는. 전쟁이 언제 끝날 줄 알고 저 무거운 거를 메고 다닌다는 거야?"

이렇게 말하는 사람도 있었다.

"내 장담하건대, 한 달 뒤에 내다 버린다."

하지만 한 달이 지나고 서 달이 지나고 반년이 지나도 그 사람은 재봉틀을 메고 다녔다. 그 무거운 짐을 메고 움직이는 전선을 따라 행군하였다. 하루 밤낮을 쉬지 않고 행군할 때가 있다. 그럴 때면 자석처럼 땅에 달라붙는 워커를 벗어던지고 싶어진다. 우리 속담에 '천릿길을 갈 때는 눈썹 하나라도 빼놓아라.'라는 말도 있지 않은가. 그 군속은 그럴 때도 재봉틀을 버리지 않았다. 처음에 그 군속을 보고 미련스럽다고 타박했던 사람들도 나중에는 "대단하다!"고 말할 정도였다. 그렇게 하기를 1년여, 어느 날 그의 배낭 위에 있던 재봉틀이 보이지 않았다. 1년 넘게 메고 다니던 것을 버린 것이었다. 그 무거운 짐을 메고 전진, 후퇴하려니 그동안 얼마나 힘들었겠는가. 게다가 전쟁은 도무지 끝날 기미도 보이지 않았으니. 아내를 생각하며 1년여를 메고 다니던 재봉틀 버렸을 때 그의 심정이 어땠을지……. 제 살점을 도려내는 심정이었을 것이다. 무거운 짐을 버렸으니 홀가분한 얼굴이어야 했지만, 그 군속의 얼굴은 어둡기만 하였다. 제 자식을 버리고 온 것처럼 말이다.

지금도 기억나는 사람들

아무래도 내가 어리다 보니, 나를 챙겨주는 사람들이 많았다. 그중에 나보다 네댓 살 많은 이종현 일병이 있었다. 당시에는 국민학교를 나온 사람들이 많지 않았다. 부대에는 한글을 모르는 사람도 많았다. 이종현은 서울에 있는 보성고등학교를 졸업하고 군에 입대한 사람이었다. 1년 반 정도를 같이 지냈는데, 나한테 배움을 많이 주었다. 이북에서 지낸 나로서는 남한의 사정을 잘 알지 못했는데, 이종현은 자신의 모교인 보성고등학교에 대한 자부심이 컸다. 그때 대학교에 다니다가 들어온 사람이 있었는데, 그 대학교는 줄만 서면 들어가는 학교라며 무시했다. 게다가 그 사람은 경우 없는 행동을 해서 부대 내에서 열외 취급을 받고 있었다. 이종현은 중학교를 다니다가 차출되어서 학업이 중단된 나를 걱정해 주었다. 이북에서는 외국어로 소련어를 배운다. 영어를 접한 적이 없는 내게 이종현은 영어 공부를 시켜주겠다고 했다. 당시 이북에서 교육받은 반미의식의 영향으로 나는 그 제안을 거절했다. 나중에야 그게 얼마나 어리석은 생각인지를 알았지만, 그 당시에는 몰랐다. 한참 세월이 흘러 서울에서 이종현을 찾아봤지만, 같은 이름을 가진 사람들이 많아서 찾는 것을 그만 포기하고 말았다.

또 기억나는 사람이 있는데, 보급과의 김정철 하사다. 보급과에서는 그때그때 대대 병력의 인원수에 맞게 밥을 해야 한다. 700명이면 700인분을, 150명이면 150인분의 밥을 눋지 않게 잘 지어야 하는데, 이게 쉬운 일이 아니다. 밥은 일제강점기 때 목욕탕에서 물을 끓이던 쇠 솥으로 했다. 김 하사는 누룽지가 생기지 않게 밥을 잘 지었다. 쌀을 씻어서 한쪽에 놓고 먼저 물을 끓였다. 물이 팔팔 끓으면 그제야 씻어놓은 쌀을 넣고는 뚜껑을 닫았다. 일반적으로 가정집에서 밥을 짓는 방법과는 다르다. 물의 양도 잘 맞춰야 했다. 쌀 한 가마니에 필요한 물의 양은 250

에서 300ℓ 정도다. 그리고 삽으로 밥을 퍼서 줬는데, 인원수에 적정한 양을 퍼서 줬다. 나중에 언양에 와서 김 하사를 다시 만나게 되었다. 그는 언양 사람이었던 것이다. 목수 일을 했는데, 도대목(도편수를 이르는 경상도 방언)으로 집을 짓기도 하고 관을 만드는 목공예를 했다. 군에서 밥을 짓는 솜씨가 좋았던 것처럼 나무를 다루는 솜씨도 훌륭했다.

날아드는 총알 속에서

하루는 군속들과 함께 주먹밥과 탄약 등의 보급품을 짊어지고 일선으로 가는 중이었다. 일선에서 실탄이나 포탄을 요청하면 군인의 인솔하에 군속들이 짊어지고 갔다. 대열 앞뒤에는 총을 든 군인들이 따라오고 있었다.

"탕! 탕! 탕!"

갑자기 정적을 깨는 요란한 총소리가 들려왔다. 순간 몸을 바닥에 납작 엎드렸다. 그리고 두 손으로 머리를 감쌌다. 손발이 덜덜 떨려왔다.

"저쪽이다!"

적군을 발견한 군인들이 대응 사격하는 총소리가 들려왔다. 여기서 죽을 수도 있겠구나 하는 생각이 들었다. 그 와중에도 등에 보급품이 든 배낭을 메고 있어서 다행이다 싶었다. 총알이 뚫고 들어오지는 못할 테니 말이다. 얼마 지나지 않아서 총소리를 들은 일선의 군인들이 달려와서 지원사격을 해주었다. 그러자 인민군들이 퇴각하는 소리와 함께 총소리도 점차 멀어졌다. 그런데도 일어날 수가 없었다. 어디선가 총알이 날아올 것만 같았다. 주변에 함께 엎드려 있던 군속들이 움직이는 소리를 듣고 일어나는데 순간 다리가 푹 꺾였다. 긴장이 풀린 탓이었다.

그런 나를 보고 일선에서 지원 나온 군인이 한마디했다.

"야, 임마! 바지에 오줌은 안 지렸냐?"

살았다는 안도감에 긴장이 풀린 군속들이 군인의 말에 웃었다. 놀림을 당했는데도 전혀 기분이 나쁘지 않았다. 살았으니까! 살았으니 그것으로 된 것이다. 웃음이 절로 나왔다.

사실 군속은 총을 소지할 수가 없어서 적이 기습 공격했을 때 무방비로 죽임을 당하기도 한다. 마침 일선의 군인들이 수색작전을 펼치던 중에 총소리를 듣고 달려왔으니 망정이지, 자칫하면 목숨을 잃을 뻔하였다. 새삼 일선에서 전투를 수행하는 군인들이 위대해 보였다. 어떻게 이처럼 총알이 날아다니는 곳에서 맨정신으로 버티고 살 수 있는지!

가장 잔인한 살상무기, 대인지뢰

대대의 지휘본부가 있는 후방은 총알이 날아다니지는 않는다. 그래서 목숨이 오가는 전쟁의 공포로부터 한 발짝 뒤에 떨어져 있다고 할 수 있다. 실시간으로 전쟁의 참상을 겪지는 않지만,

전투의 참혹한 결과를 보게 된다. 후방에는 의무과가 있어서 모든 부상병들이 후송되어 온다. 속초, 간성 지역에 있을 때이다.

"아악!"

고통에 찬 비명에 돌아보니 의무병들이 부상병을 들것에 태워 뛰어오고 있었다. 들것 아래로 핏물이 뚝뚝 떨어지면서 길을 만들어내고 있었다. 부상병은 피로 범벅이었다. 총상인가 싶어서 보고 있는데 뭔가 이상했다. 오른쪽 다리가 보이지 않았다. 그래서 다시 살펴보다가 허벅지 아래 너덜거리는 살점을 보고 말았다. 순간 고개를 돌렸다. 욕지기가 올라왔다.

매설된 대인지뢰가 폭발하여 다리를 잃은 것이었다. 이처럼 대인지뢰를 밟고 부상당한 병사들이 하루에도 몇 명씩 들것에 실려 왔다. 한쪽 다리를 거의 잃은 병사도 있었고, 무릎 아래쪽을 잃은 병사도 있었다. 부상병들은 잃어버린 다리의 길이는 달랐지만, 절망에 찬 눈빛은 모두 같았다. 사지가 멀쩡해도 살기 어려운 세상에 다리 한쪽을 잃은 한창 새파란 젊은이들에게는 너무나 가혹한 세상이었다. 6·25전쟁 당시 의무과는 수술을 정말 잘했는데, 이는 무수히 많은 부상병을 수술하다 보니 절로 기술이 숙련된 것이다. 쓸쓸한 일이었다.

대인지뢰는 인간이 만든 살상무기 중 가장 잔인한 무기다. 6·25전쟁을 하는 동안 그리고 그 후 비무장지대에 매설한 대인지뢰가 백만 개가 넘는다고 한다. 지금도 가끔 대인지뢰가 폭발하여 민간인이 죽거나 다쳤다는 소식이 들려온다. 너무나 끔찍한 일이다.

시체로 산을 이루었던 가칠봉 전투

1951년 7월부터 휴전회담은 시작되었지만, 회담이 진행되는 동안 전투를 중지하는 일은 일어나지 않았다. 38선을 중심으로 전선은 교착되어 있었고, 남북한 군인들 간에는 고지를 빼앗는 싸움이 벌어지고 있었다. 이쪽 산에는 국군이, 저쪽 산에는 인민군이 거점을 형성하고 있다가 상대방의 고지를 빼앗기 위해 밤에 기습 공격을 감행했다. 그런데 아침이 되면 다시 철수해야 할 때가 많았다. 적들에게 노출되기 때문이다.

강원도 양구에 높이가 800m 정도 되는 가칠봉이라는 산이 있다. 포사격으로 산은 민둥산이 되었다. 그 앞에는 일명 김일성 고지가 있었다. 산의 고지를 점령하기 위해 죽고 죽이는 싸움을 반복적으로 계속했다. 산을 오르기 위해 몸을 숨길 수 있는 만큼의 깊이로 땅을 파서 길을 만들었는데, 이를 교통호라고 한다. 전투 중에 전우가 죽으면 그 시신을 교통호 밖으로 내놓고 전진했다. 포 지원이나 공군 지원 없이 엉키어 싸울 때도 많았다. 캄캄한 밤에 육박전을 하게 되면 적군과 아군을 구별할 수가 없다. 그럴 때 머리를 만져서 머리카락이 없으면 인민군이다 하고 죽였다. 하룻밤에 수백 수천 명의 군인이 죽어갔다. 시체가 산처럼 쌓여갔다.

그렇게 최일선에서 하루에 수백, 수천 명의 목숨이 죽어가는데도 휴전회담을 하는 동안 전투를 중지시키지 않았다. 누군가의 아들이고 동생이고 형이 사람들이 죽어가는데도 언제 안 되는 땅을 서로 차지하겠다고 계속 전투를 벌인 것이다. 테이블에 앉아 있던 그들에게 수백, 수천의 목숨은 단지 서류상에 적힌 숫자에 불과했다.

휴전을 앞두고

1953년 3월. 산등성이에 분홍빛이 점점이 보였다. 진달래였다. 자연의 세계는 생명을 뽐내듯 꽃을 피우고 있지만, 전장에서는 젊은 생명이 하룻밤에 무수히 스러져갔다. 꽃봉오리 같은 젊은 생명이 꽃을 피우지 못한 채 뚝뚝 떨어지고 있었다.

1951년 7월부터 휴전회담은 시작되었지만, 1년 반이 지나도록 휴전은 성사되지 못하고 있었다. 한 뼘의 땅이라도 더 차지하려고 치열하게 전투를 벌이고 있었다. 밤새 전투를 벌이는 일선의 병사들은 밤이 지나면 아침에 그 수가 반으로 줄어들어 있었다. 전우가 눈앞에서 죽어 나가는 것을 날마다 보는 일선의 군인들은 하루라도 전쟁이 빨리 끝나기를 바랐다. 그러나 후방에는 휴전을 반대하는 집회가 열렸다. 압록강까지 쳐들어가서 통일하지 왜 전쟁을 그만두느냐는 것이었다. 정부가 주도한 관제데모였다. 일선에 있는 군인들은 자기들이 안 죽으니까 저런 소리를 한다 싶어서 울화를 터트렸다.

"여기서는 날마다 사람이 죽어 나가는데 휴전을 반대헌다고? 반대하는 새끼들이 여기 와서 총 들고 와서 싸우면 되것네."

나중에 후방에 와서 보니, 면 서기나 이장의 뒷배만 있어도 군대를 가지 않을 수 있다는 것을 알게 되었다. 그러니까 있는 집 자식들은 군대에 가지 않았던 것이다. 그런데 영국의 왕족이나 고위층의 자녀들은 일반 사람들보다 군인으로 복무한 비율이 높다고 한다. 처칠의 아들도 영국군에 소속된 종군기자로 6·25전쟁에 참전했다. 반면, 우리나라의 고위관료나 부유층의 자녀들은 자신들의 배경을 이용하여 군대에서 빠진 것이다. 부끄러운 일이다. 그랬던 사람들이 지금 고위직에 있으면서 전쟁 이야기를 하니 기가 막힐 일이다.

전쟁이 일어난 지 3년 가까이 되었다. 나는 어느새 고참이 되어 있었다. 전쟁 초기의 혼란이 사라지고 군 내부의 질서가 점점 잡혀가자, 군은 필요한 군속을 정식으로 요청했다. 월급을 받는 수십 명의 군속이 부대에 배치되었다. 군의 어디에도 명단이 올라가 있지 않던 나 같은 사람은 더 이상 군에 있을 필요가 없어졌다. 휴전협정을 2개월 정도 앞둔 1953년 5월에 전장을 떠나 언양으로 오게 되었다.

일상의 모든 것을 파괴하는 전쟁

요즘 사람들은 전쟁을 영화나 드라마를 통해 접한다. 전쟁을 소재로 한 영화를 보면 총알이 날아다니는 치열한 전투 현장을 스펙터클하게 보여준다. 그래서 전쟁 하면 전투 장면을 떠올리며 긴장감과 스릴을 느낄지도 모르겠다.

그런데 전쟁의 가장 무서운 점은 우리가 평범하게 누렸던 일상 생활을 모두 파괴해 버린다는 것이다. 병사들에게 배급된 식량은 맛과는 아무런 상관이 없었다. 단지 병사들에게 전투를 수행할 수 있는 에너지를 공급하는 데에만 목적이 있었다. 300ℓ 되는 큰솥에 고춧가루와 버터를 넣어서 배춧국을 끓였다. 둥둥 뜨는 기름 국물을 한 숟가락이라도 더 먹으려고 욕심부렸던 기억이 생생하다. 이처럼 열악한 상황에서도 병사들이 전쟁을 수행할 수 있었던 것은 그들이 체력적으로 가장 왕성한 20대였기에 가능했으리라. 의복은 9월에 입은 것을 이듬해 5월에 벗었다. 7, 8개월간 그대로 입고 있다가 벗었다. 그것을 3년간 반복하였다. 그러니 옷에 이가 들들 끓는 것은 당연했다. 쉬는 시간에 병사들은 속옷을 벗어서 이를 잡았다. 어떤 병사는 옷 벗는 게 귀찮아서 가려운 곳에 손을 넣어서 이를 잡기도 했다.

무엇보다 군인들을 가장 힘들게 한 것은 잠의 부족이었다. 일선에 있는 군인들은 항시 적과 대치 상태이므로 긴장을 늦출 수가 없다. 낮에는 적에게 노출되니까 이동하지 않는 대신 경계를 서야 했고 밤에는 12시간씩 이동해야 했다. 비가 오든 눈이 오든 상관없이 몇십 kg 되는 짐을 메고 밤새 행군해야 했다. 이삼 일간 잠을 못 자고 행군하는 그 고통이라니! 아마 상상조차 할 수 없을 것이다.

맛집을 찾아다니고 날마다 샤워를 하는 요즘 사람들에게는 상상할 수 없는 생활일 것이다. 수십 마리의 모기가 물어뜯을 때 자신이 살아있다는 것에 감사함을 느끼게 되는 것이 전쟁이다. 영화로 보는 전쟁은 진짜 전쟁이 아니다. 영화에서는 이런 것을 잠깐 보여주는데, 6·25전쟁 때 수많은 젊은이는 이런 생활을 자그마치 3년 넘게 했다. 목숨을 잃을지도 모른다는 공포와 두려움 속에서 말이다.

두 번 다시 전쟁이 일어나서는 안 된다

6·25전쟁은 우리 민족에게 돌이킬 수 없는 상처를 남겨주었다. 모든 시설이 거의 파괴되고 국토는 황폐해졌으며 수많은 사람이 목숨을 잃었다. 사망하거나 부상, 실종된 국군의 수가 62만 명이고 북한군은 93만 명, 유엔군은 16만 명, 중공군은 100만 명에 이르렀다. 민간인 피해자는 남북한 합쳐서 250만 명에 육박했으며 일천만 명의 이산가족이 발생했다. 그때 남북한 총인구가 3천만이었고, 전쟁을 수행하는 군인들은 2, 30대의 젊은이들이었다. 무수히 많은 젊은이들이 목숨을 잃었다.

당시 유엔군 초대 사령관이었던 맥아더 장군은 의회 청문회에서 다음과 같이 증언했다.

"평생을 전쟁 속에서 보낸 나로서도 이처럼 비참한 모습은 처음이어서 무수한 시체를 보았을 때 구토하고 말았다."

6·25전쟁 때 인명 피해가 얼마나 컸는지를 단적으로 보여주는 말이다. 총을 쏘고 대포를 쏘는 재래식 전투에도 이처럼 인명 피

해가 막대했는데, 오늘날 전쟁이 다시 일어난다면 어떻게 될 것인가. 지금의 남북한이 보유한 화력은 6·25전쟁 당시 화력과는 비교할 수 없을 정도로 강력하다. 한반도 전체를 며칠 만에 쑥대밭으로 만들어 버릴 수 있다. 그런데도 서슴없이 전쟁 얘기를 하는 사람을 보면 기가 찬다. 전쟁을 겪은 나로서는 사람들이 쉽게 전쟁을 언급하는 것을 볼 때면 분노가 이는 것을 금할 수가 없다. 사람들은 실패를 통해 배운다. 우리 민족의 가장 큰 실패는 6·25전쟁이라고 생각한다. 그 실패를 통해 우리가 배워야 할 것은 '전쟁이 다시 일어나지 않도록 하는 것'이다.

6·25전쟁에서 우리나라 사람들과 군인들만 죽은 것은 아니었다. 미국을 비롯한 16개국이 군인들이 유엔군으로 참전하여 16만 명이 부상당하거나 사망했다. 아무런 연관도 없는 먼 나라에 와서 하나뿐인 목숨을 희생한 것이다. 그들의 희생 덕분에 지금 우리가 자유 대한민국에서 살 수가 있는 것이다. 그리고 전쟁으로 모든 것을 잃은 우리나라에 미국을 비롯한 우방국의 원조는 폐허를 딛고 일어설 수 있는 큰 힘이 되어 주었다.

언젠가는 돌아갈 그곳, 내 고향 단천

어머니의 갑작스러운 죽음

내가 태어난 곳은 함경남도 함주군 퇴조면 산곡리다. 우리 집에는 할아버지와 할머니, 아버지와 어머니, 두 명의 여동생과 나까지 해서 일곱 명이 살고 있었다. 부모님은 밭농사를 지으셨다. 배를 주린 기억이 없는 걸로 봐서는 어려운 형편은 아니었던 듯하다. 아버지 형제는 3남 3녀로, 아버지는 아들 삼형제 중 둘째였다. 당시 할아버지와 할머니께서 큰집이 아니라 우리 집에 계신 이유를 정확히 알지는 못한다. 다만 큰아버지가 한곳에 머물지 않고 여기저기 다니셔서 그랬던 것은 아닌가 하고 짐작할 따름이다.

나는 어렸을 때 병치레를 많이 했다. 내 위로 누이들이 있었는데 어렸을 때 다들 죽었다고 들었다. 어머니는 병치레가 잦은 나를 누이들처럼 잃을까 싶어서 늘 엎고 다니셨다. 어머니는 지부모님 봉양하랴, 집안 살림하랴, 농사일하랴, 자식들 키우랴, 늘 종종거리며 다니셨다.

외가는 우리 집에서 10리가량 떨어진, 그다지 멀지 않은 곳에 있었다. 가끔 외가에 가실 일이 있으면, 어머니는 어린 여동생들은 할머니에게 맡겨두고 나를 데리고 가셨다. 어머니와 함께 나들이를 간다는 것에 들떠 다리 아픈 줄도 몰랐다. 외갓집이 있는 동네가 가까워지면 연분홍 꽃들이 환하게 밝혀주고 있는 외갓집이 멀리서도 보였다. 외갓집은 사과나무 과수원을 했다. 그래서 봄이면 연분홍 꽃들이, 가을이면 주렁주렁 매달린 사과들이 어머니와 나를 맞이해 주었다. 당시 외사촌이 일본으로 유학을 간 것으로 봐서는 외갓집의 형편이 어려웠던 것은 아닌 듯하다. 외삼촌 방에서 굉장히 두꺼운 책을 보고 '와, 이렇게 두꺼운 책도 있나?' 하고 놀란 적이 있다. 나중에 알고 보니 사전이었다. 사람들이 외삼촌을 헹가래 쳐주던 모습도 기억난다. 아마 운동을 잘했던 외삼촌이 시합에서 이겼던 게 아니었을까 싶다.

일제강점기였지만 부모님이 만들어준 울타리 안에서 평온한 유년 시절을 보내고 있었다. 하지만 이 평온은 얼마 못 가 깨지고 말았다. 해방을 얼마 앞두고 어머니가 호열자(콜레라)에 걸려 갑작스레 돌아가신 것이었다. 하룻밤이나 앓으셨을까. 내가 아홉 살 때였다. 기억력이 나쁜 편은 아닌데도 어머니가 돌아가신 날의 기억은 이상하게도 흐릿하다. 할머니가 우시던 모습만 어렴풋이 떠오를 뿐이다. 어린 나이여서 어머니의 죽음이 실감 나지 않아서일 수도, 아니면 어머니를 잃은 슬픔과 충격이 너무 커서 무의식적으로 기억하지 않으려고 해서 그럴 수도 있을 것이다. 아이들에게 어머니는 세상에서 가장 안전하고 따뜻한 둥지와 같은 존재이다. 그런데 나와 여동생들은 어린 나이에 그 둥지를 잃고 말았다.

지금 어머니의 얼굴은 전혀 생각나지 않는다. 아마 내 얼굴 어딘가에는 어머니의 모습이 남아 있을 것이다. 어머니에 대한 기억은 가물가물하지만, 어머니가 나를 귀애해 주셨던 느낌은 또렷이 남아 있다. 몸에 각인되었다고나 할까. 지금까지 세파를 헤치며 살아오는 동안, 나를 애지중지해 주시던 어머니의 손길에 대한 기억이 내게 얼마나 큰 위로와 힘이 되었는지 모른다. 자식들에게 어머니는 이처럼 세상을 살아가는 근원적인 힘이다.

큰집이 있는 단천으로 가다

어머니가 돌아가시고 얼마 지나지 않아 우리 집에는 많은 변화가 생겼다. 아버지는 농사짓던 것을 그만두고 흥남에 있는 공장에서 일자리를 구하셨다. 그래서 퇴조를 떠나 흥남으로 이사를 가셨는데, 동생 둘만 데리고 떠나셨다. 나는 할아버지, 할머니와 함께 큰아버지가 계시는 단천으로 갔다. 아버지는 그곳에서 새어머니를 만나 새로 가정을 꾸리셨다. 나중에 돌이켜 생각해 보면, 아버지가 동생 둘을 데리고 흥남에 갔을 때 이미 재혼을 하셨던 게 아닐까 싶기도 하다. 할아버지, 할머니가 아버지 편에 나를 보내지 않고 당신들께서 데려가신 것은 새로 들어온 사람, 즉 새어머니에게 아이 셋을 맡기는 것이 염치없는 일이다 싶으셨을 것이다. 그리고 내가 우리 집안의 손자 중에서는 맏이여서 각별한 애정을 가졌는지라, 계모 손에 맡기기보다는 당신들 곁에 두고서 키우고 싶으셨으리라. 어른들의 이러한 뜻은 나중에 내가 짐작한 것들이었고, 당시 어머니의 죽음도 받아들이지 못하고 있는 나로서는 이해할 수 없는 일들이었고 감당하기 어려운 변화들이었다.

무엇보다 단천에 가서 내가 머물렀던 곳은 할아버지, 할머니가 계시는 큰집이 아니었다. 큰집에서 멀지 않은 곳에 큰아버지의 작은 사람이 살고 있었는데, 나는 그곳에서 지냈다. 그러니까 큰아버지에게는 두 명의 부인이 있었던 것이다. 해방 이후 이북에는 사회주의 정권이 들어섰는데, 사회주의하에서 처첩제도는 구시대의 유물이라고 해서 청산해야 할 구악의 대상이었다. 당시 이북 사회에서 용납되지 않았을 터인데, 큰아버지께서 어떻게 두 집 살림을 하실 수 있었는지 정말 모를 일이다.

작은 큰어머니는 안산 사람이었는데, 딸 하나를 두고 있었다. 그 애는 나보다 한 살 많았지만, 나와 같은 학년에 같은 반이었다. 얌전하고 조용했다. 작은 큰어머니는 자신의 딸과 차별 없이 나를 먹이고 입히셨다. 근처 큰집에 계시던 할아버지와 할머니께서도 자주 나를 보러 오셨다. 나는 집과 학교에서 말썽을 부리지 않고 착실하게 생활하고 있었다. 이처럼 겉으로는 아무런 문제가 없어 보였다. 하지만 학교에서 아이들이 슬픈 곡조의 노래를 부를 때면 절로 눈물이 흘러내렸다. 아버지와 동생들과 떨어져 고아처럼 홀로 낯선 곳에 있었으니, 왜 외롭고 서럽지 않았겠는가. 당시에는 나이가 어린지라 내가 느끼는 감정이 어떤 건지 잘 몰랐다. 일찍부터 가정이라는 따뜻한 둥지를 잃고 서러운 감정을 알게 된 것이다.

고향 하면 떠오르는 곳, 단천

고향 하면 내가 태어난 곳인 함주보다는 단천의 산천이 떠오른다. 아마도 소년기를 보낸 단천에서의 추억이 더 많기 때문일 것이다. 큰집은 단천군 북두일면 신덕리에 있었다. 단천은 광산지역이었는데, 광산에서 일하는 사람들이 2만 명 정도로 규모가 굉장히 커서 제2 흥남지대라 불리었다. 광산에서 일하는 사람들이 많아 단천은 늘 활기에 넘쳤다. 젊은 사람들도 많아서 함경남도에서 도내 체육대회를 할라치면 축구경기에서는 단천이 늘 1, 2등을 차지하곤 했다. 광산에는 마그네사이트, 연, 아연 등의 광물이 매장되어 있었다. 특히 마그네사이트의 세계적인 매장지가 이곳 단천이었다. 일제강점기 때 일본은 이 광물들을 약탈해 가기 위해 철로를 깔았다. 철도를 만든 지 7년 만에 해방이 되어 그 귀한 광물자원을 많이 빼앗기지 않은 것은 참으로 다행이었다.

작은 큰어머니 댁에서 1년 반 정도를 살다가 큰집으로 옮겼다. 아버지보다 나이가 열 살가량 많으셨던 큰아버지는 단천에서 상화점을 하셨다. 큰어머니는 말씀이 거의 없으셨는데, 어린 마음에 큰어머니가 저리 말씀이 없으셔서 큰아버지가 두 집 살림하신 게 아닌가 하는 생각을 했다. 큰집에는 여동생 둘과 갓난애인 남동생까지 사촌 셋이 있었다. 큰아버지가 아버지보다 나이가 꽤 많으셨는데도 이처럼 사촌들이 어렸던 것은 여러 명의 아이를 앞서 잃으셨기 때문이었다. 당시에는 변변한 약이나 의료시설이 없었던 탓에 이처럼 어린아이들이 병으로 죽는 경우가 많았다. 사촌 여동생들은 나를 잘 따랐다. 작은 큰어머니의 소생인 사촌누이와는 서먹하게 지냈던 나도 여동생들하고는 잘 지냈다. 동생들에게 스스럼없이 심부름을 시키기도 하고 놀아주거나 숙제하는 것을 도와주기도 했다.

큰집에서 지내는 것은 할아버지, 할머니가 계셔서 작은 큰어머니 댁보다 활발하게 지내기는 했지만, 그래도 눈치를 살피는 것은 어쩔 수가 없었다. 큰아버지, 큰어머니가 딱히 구박을 하신 것도 아니었는데도 말이다. 제 부모라면 배가 고프면 고프다, 아프면 아프다 했을 일을 말하지 못했다. 아이에게 가장 큰 배경은 부모인데, 그 배경을 잃어버렸으니 자신도 모르게 위축되어 있었던 것이다.

나를 귀애하신 할아버지

손자 중에서는 내가 맏이여서 할아버지는 나를 장손처럼 대하셨다. 가정에서 나를 교육한 것은 할아버지이셨다. 작게는 밥 먹을 때 말하는 것을 삼가고 반찬 투정을 하지 말라는 것부터 어른들을 뵐 때 태도 등 바른 행동거지와 예절을 가르치셨다. 문중에 행사가 있을 때면 큰아버지 대신 나를 대동하고 가셨고, 몇십 리 되는 성묫길에도 나를 데리고 다니셨다. 할아버지가 나를 장손처럼 귀히 여기고 애지중지하신다는 것은 충분히 느낄 수가 있었다. 그런데도 과묵하고 완고하신 분이라, 할아버지를 대하는 것이 어려웠다.

할아버지 방에는 한문으로 된 책들이 많았다. 그리고 어느 때는 소련 사람들이 찾아와서 할아버지와 소련말로 대화를 나누는 것을 본 적도 있다. 할아버지는 일제강점기 때 소련으로 건너가서 생활하다가 해방 전에 돌아오셨다고 했다. 그곳에서 청산리 대첩을 지휘한 이범석 장군과 독립운동가이며 한글학자인 이극로와 같은 분들과 알고 지내셨다고 들었다. 할아버지가 소련에서 무슨 일을 하셨는지는 알지 못한다. 다만, 할아버지 방에 한문으로 된 책들이 많았던 것이나 소련으로 건너가신 행적으로 미루어 볼 때 평범한 촌부는 아니셨던 듯하다.

"풍양이 커야 한다."

할아버지와 겸상하여 식사할 때면 할아버지께서는 이 말씀을 내게 자주 하셨다. 그에 덧붙여 풍양을 키우려면 국을 많이 먹이야 한다고 하셨다. 배를 곯고 사는 형편은 아니었으니, 국으로 배를 채우라는 뜻은 아니었다. 함경도 말에 '배 풍양하다'는 말이 있다. 이는 배가 불러 만족스러운 상태가 된 것을 말한다. 배가 부르면 사람의 성품도 덩달아 넉넉해지고 생각하는 것도 넓어지는 법이다. 즉, '풍양이 커야 한다.'고 한 것은 배포가 크고 아량이 넓은 사람이 되라는 의미였다. 무릇 사내라면 좀스럽게 살지 말고 대범하게 살라는 뜻이었다. 지금까지 살아오는 동안 주변 사람들에게서 종종 "그릇이 크다."는 얘기를 들었으니, 할아버지 말씀처럼 살아온 셈이다. 할아버지에게서 영향받은 것이 어찌 이것뿐이겠는가. 한 고집하는 성격인데, 이 또한 할아버지에게서 물려받은 것이다.

친구들과 산으로 강으로 뛰어다니다

한창 뛰어다닐 나이 때이기도 하고 큰집에서 지내는 것이 제집처럼 편하지도 않다 보니, 집보다는 바깥에서 지내는 시간이 많았다. 친구들과 어울려 산으로 강으로 쏘다녔다. 단천에는 동해로 강물이 흐르는 남대천과 북대천이 있다. 광산에서 광석을 분석할 때 북대천의 물을 이용했는데, 그 때문에 북대천의 물이 희뿌옇다. 우리가 사는 곳은 다행히 그 위쪽이어서 물이 뿌옇지는 않았다. 그곳에서 친구들과 여름날이면 수영을 하고 물고기를 잡았다. 미꾸라지나 산천어 등의 물고기가 많았다. 단천은 이처럼 민물고기도 흔했지만, 동해에 인접한 곳이라 생선도 많았다. 어머니와 할머니가 명태 등의 생선으로 음식을 만들어 주셨다.

겨울이면 스키를 타며 친구들과 경주를 벌이곤 했다. 눈이 흔하고 많은 함경도에서 스키는 보행이나 운송을 돕는 도구이다. 물론 아이들에게는 더없이 좋은 놀잇감이기도 하다. 그래서 아이들은 일찍부터 스키 타는 법을 배운다. 눈밭에 수없이 나동그라지면서 스키 타는 법을 몸으로 익히게 되는데, 그 때문에 몸의 유연성과 순발력, 균형감을 키우게 된다. 지금까지 넘어져서 한 번도 골절상을 입지 않은 것은 순전히 어린 시절에 배운 스키 덕분이라고 생각한다.

축구나 씨름 등 운동하는 것을 좋아했다. 아쉽게도 좋아한 만큼 운동 능력이 뛰어난 것은 아니었다. 그래도 그중 씨름은 꽤 하는 편이었다. 순간순간 자신의 처지 때문에 서럽기는 했지만, 대체로 친구들과 즐겁게 뛰어다녔던 소년 시절이었다.

하지만 내 처지를 크게 실감하게 된 일이 있었다. 인민학교 5학년 때의 일이다. 나는 학교 활동도 열심히 하고 공부도 잘한 편이어서 여러 선생님이 나를 좋게 보셨다. 그래서 학교마다 한두 명의 학생들을 선발하여 보내는 금강산 여행에 선생님들이 나를 학교 대표로 추천해 주셨다. 금강산 여행이라니, 가슴이 벅찼다. 집에 돌아와 할아버지께 자랑스럽게 말씀드렸다.

"학교 대표로 금강산에 가게 되었습니다."

"큰아버지한테 신세 지고 있는 처지에 돈 드는 일은 안 했으면 좋겠구나"

당연히 기뻐하시면서 보내줄 거라고 생각한 나로서는 예상치 못한 답이었다. 순간 울컥했다. 잠시 내 처지를 잊고 있었다. 머리로는 할아버지의 말씀을 이해했지만, 서럽고 속상한 마음은 쉽게 사그라지지 않았다. 나 대신 다른 친구가 금강산에 가는 것을 지켜봐야 했다. 아이들은 대놓고 말하지는 않았지만, 내가 왜 여행을 가지 못하는지를 알고 있는 듯했다. 동정하는 듯한 아이들의 시선도 달갑지가 않았다. 큰집에 나를 맡겨놓고 데리고 가지 않는 아버지에 대한 원망마저 생겼다. 오랫동안 속상해한 기억이 난다.

최우등으로 인민학교를 졸업

당시 이북은 사회주의 체제여서 인민학교 아이들은 소년단에 들어가 정치적인 활동을 했다. 공부도 잘하고 학교 일에도 적극적이었던 나는 소년단에서 기수라는 직책을 맡았다. 기수가 단지 깃발을 드는 작은 직책이라고 생각할지 모르겠지만, 실은 소년단에서 위원장 다음가는 직급으로 부위원장이나 다름없었다. 열성분자여야 맡을 수 있는 직책이었다. 소년단 위원장은 우리 반 1등인 김명석이라는 친구가 했다. 그 친구는 공부도 잘했지만, 배경도 만만치 않았다. 아버지가 병원 원장이면서 면장이었고 무엇보다 당 위원장이었다.

그런데 놀랍게도 인민학교를 졸업할 때는 내가 최우등이었다.

공부도 잘하고 배경도 대단한 김명석이 최우등을 받을 것이라는 모두의 예상을 깨고 말이다. 최우등은 단지 공부만 잘한다고 해서 받을 수 있는 것은 아니다. 공부뿐만 아니라 학업 태도, 학교생활 등에 대한 종합적인 평가를 바탕으로 주는 상이었다.

그때 담임선생님이 안영준 선생님이셨다. 선생님은 금강산 여행에 나를 학교 대표로 적극 추천해 주신 분이기도 하다. 고아처럼 큰집에서 지내는 내 생활에 늘 관심을 가져주셨다. 그런 불우한 환경 속에서도 열심히 생활하는 모습을 보고 상을 주셨던 것이 아닐까 싶다. 예나 지금이나 아이들과 관련해서 부모의 배경이 미치는 영향을 생각해 보건대, 선생님이 당신의 재량껏 내게 상을 주신 것은 놀랍고 감사한 일이다.

중학교 생활

인민학교에서 최우등으로 졸업한 나는 무시험으로 북두중학교에 들어갔다. 한 학년에 두 개의 반이 있었고, 한 반에는 80여 명의 학생이 있었다. 인민학교 다닐 때 활동을 열심히 해서 선생님들에게서 인정을 받고 최우등으로 졸업까지 한 나는 중학교에 들어가서도 적극적으로 소년단 활동을 했다. 중학교 2학년까지는 소년단으로 활동하게 되어 있었고, 3학년부터는 청년단 소속이었다. 소년단 대표로 어른들 모임에도 가끔 참석했는데, 그럴 때면 어깨가 으쓱해지고 우쭐한 기분이 들었다. 아이들이 거시

대통령이 되겠다고 하는 것처럼 나도 그런 꿈을 품었다. 당시 이북은 대통령 대신 수상이 있었는데, 김일성이 수상이었다. 그래서 나는 부수상이 되겠다는 포부를 가졌다.

그때 경제가 어려워서 물자가 많이 부족했는데, 학교에 배급되는 교과서의 사정도 마찬가지였다. 학교에 온 것은 과목마다 10권씩이었다. 아이들이 80명인데 교과서는 10권밖에 되지를 않으니, 70명의 아이는 교과서를 일일이 필사해야 했다. 교과서 10권의 주인은 제비뽑기로 뽑았다. 제비뽑기에 당첨되는 행운은 내게 없었다. 잉크로 펜글씨를 쓰다 보면 손가락과 손바닥이 잉크로 얼룩덜룩했다. 가운뎃손가락에 굳은살이 박일 정도로 많이 썼다. 그래도 함께 필사하는 친구들이 많아서 힘든 줄은 몰랐다.

국어, 수학, 과학, 고대사 등 여러 과목이 있었지만, 담임선생님 한 분이 모든 과목을 다 가르치셨다. 그러다 보니 음악 시간에 체육 활동을 할 때가 많았다. 그리고 외국어로 노어(러시아어)를 배웠다. 여러 과목 중에서는 수학을 가장 좋아했다. 중학교에 올라가서도 공부를 곧잘 했다. 그래야 간부로 활동할 수가 있었다.

소년들에게 이 시기는 또래들과 어울리며 평생 가는 좋은 친구들을 만나는 때이기도 할 것이다. 그런데 나는 그런 친구를 사귀지 못했다. 이는 내가 까다롭거나 유별나서 그런 것이 아니라 이북 사회가 갖는 특이성 때문일 듯싶다. 이북은 학교든 직장이든 심지어 가정에서까지 정치성을 강조하는 사회다. 친구라는 것이 짓궂은 장난도 치고 어느 때는 욕도 하게 되는 법인데, 말 한마디 잘못하면 비판의 대상이 되어 버리니 친구 사이에서도 긴장을 할 수밖에 없는 것이다. 그러니 허물없이 친해지는 것이 어려울 수밖에 없었다.

6·25전쟁으로 고향을 잃다

중학교 2학년에 다니고 있을 때 6·25전쟁이 일어났다. 이북에서 교육을 받은 우리는 당연히 인민군에 지원하자고 했다. 당시 인민군 지원은 중학교 3학년부터 가능했는데, 간부후보생으로 군관학교에 들어가면 바로 소위, 즉 장교로 진급할 수 있었다. 전쟁 중이어서 그처럼 바로 진급할 수 있었던 게 아닌가 싶다.

그렇게 전쟁이 벌어지고 뒤숭숭할 때, 할머니가 병환에 걸리셔서 앓다가 돌아가셨다. 할머니는 어머니가 돌아가신 후 우리를 돌보느라 고생을 많이 하셨다. 젖을 찾는 막냇동생에게 할머니가 당신의 젖을 물려주시던 모습이 떠오른다. 성격이 온순하고 정이 많으신 분이었다.

인천상륙작전에 성공한 유엔군과 국군이 북진해 오자 큰집 식구들과 함께 피난길을 떠났다. 그 피난길에서 국군을 만나 보급품을 운반하는 일에 차출되었다. 당시에는 알지 못했다. 그때가 고향 땅을 밟는 마지막 순간이라는 것을. 중공군의 참전으로 국군이 퇴각할 때 성진항에서 군인들과 함께 배에 올라탔다. 배가 아버지가 계신 흥남으로 간다고 해서 승선한 것인데 배는 흥남을 들르지 않고 곧장 이남의 구룡포로 와버렸다.

아는 사람이 한 명도 없는 곳에 덜렁 혼자 남게 된 것이다. 추웠다. 11월부터 눈을 흔하게 보는 북쪽에서 살다가 한참이나 남쪽으로 내려왔으니, 여기 추위가 암만 무섭다고 할지라도 추웠겠는가마는 허허벌판에 홀로 서서 세찬 칼바람을 맞는 심정이었다. 그래도 곧 집에 가겠지 했다. 아버지와 동생들 그리고 나를 귀애하시는 할아버지가 있는 집으로 곧 돌아갈 거로 생각했다. 아무런 의구심도 품지 않았다. 집으로 돌아가면 별로 춥지 않았던 이곳의 겨울을 그리워할지도 모를 일이었다. 1950년 12월의 일이다.

그러나 강산이 여섯 번 바뀌고도 남는 세월이 흘렀건만, 난 여태껏 고향에 돌아가지 못하고 있다. 가끔 고향에 돌아가는 꿈을 꾼다. 할아버지가 집에 돌아온 내 얼굴을 어루만지는 꿈을. 내 볼을 어루만지는 할아버지의 나무껍질 같은 손의 온기가 생생하다. 지금 나는 내가 떠날 때 마지막으로 뵈었던 할아버지보다 훨씬 더 나이가 들었다. 그렇지만 꿈속에서 나는 고향을 떠날 당시 그대로 홍안의 소년이었다.

고향은 어머니의 품속과 같은 것이다. 그 품을 잃었으니 살아오는 동안 늘 마음 한구석이 시릴 수밖에 없었다. 혈육 간에 철조망을 쳐버린 전쟁은 얼마나 비정한 것인가.

열다섯에 국군에 차출되어 3년을 전쟁터에서 보냈다. 그 고생을 어찌 필설로 다 표현할 수 있겠는가. 그런데 또 다른 험난한 삶이 나를 기다리고 있었다.

2부

청년 시절

외롭고 고달팠던 언양살이

휴전을 앞두고 언양으로

보급대로 차출되어 군인들과 함께 이남에 내려오게 된 나는 달리 갈 데가 없어서 군부대에 남았다. 부대에서 군인들 심부름도 하는 등 군속처럼 일하며 지냈다. 다른 피난민들이 함께 내려온 가족이나 자기 부락 사람들이랑 지낼 때 나는 군인들 속에서 외로이 생활했다. 전쟁이 끝나가면서 군대도 나름대로 질서가 잡혀가고 있었다. 후방에서 군부대에 정식으로 군속을 보내왔다. 그동안 군속 일을 하고 있었던 내가 더 이상 필요가 없게 된 셈이었다. 이북에서 차출되어 왔기 때문에 나는 서류상 존재하지 않았다. 당시 전쟁 중이라고 해도 군속으로 일하는 다른 사람들은 돈을 받았지만 나는 이북에서 왔다는 이유로 한 푼도 받지 못했다.

그때 대대부관인 김수용 중위가 나를 언양에 있는 어느 병원 집에 소개해 주었다. 김수용 중위의 여동생이 부산대학병원에서 간호부장으로 있다가 언양으로 가게 되면서 알게 된 곳이라고 했다. 내가 할 일은 그곳에서 병원 일을 도와주면 된다고 했다. 중학교도 다시 다닐 수 있게 해주마 했다. 학교라니! 솔깃할 만한 제안이었다. 김수용 중위가 이남에 아무런 연고도 없는 나를 안쓰럽게 여긴 것도 있을 것이고, 그동안 함께 지내면서 나를 좋게 본 것도 있어서 그 집에 나를 소개한 것이었다. 김수용 중위는 인사과 전임하사인 최영달 상사에게 휴가를 줘서 나를 부탁했다. 당시 최 상사의 부모님은 언양에 살고 있었다. 그의 남동생과 누이가 신부이고, 수녀였던 것이 아직도 기억난다.

그렇게 해서 1953년 5월 나는 언양으로 오게 되었다. 그해 7월 휴전협정을 두 달 앞둔 시점이었다. 열여덟 살의 일이다. 김태진 씨가 원장으로 있는 병원에 오게 되었다. 그런데 나보다 두세 살 더 많은 젊은이 둘이 이미 병원 일을 하고 있는 게 아닌가. 원장의 고종, 이종사촌으로 전쟁 중에 피난을 와서 일하고 있었다. 병원 일을 하기로 왔는데 내가 할 일이 없어진 셈이었다.

졸지에 머슴이 되다

당시 언양은 몇천 명이 살고 있었지만, 공장 하나 없는 농촌 지역이었다. 전쟁으로 인하여 부모 형제가 있는 고향산천을 떠나 의지할 데도 오갈 데도 없는 내가 살기 위해 할 수 있는 일은 세 가지뿐이었다. 첫째는 집집을 다니면서 먹을 것을 구걸하는 거

머슴으로 일할 때 살던 곳. 현재는 떡집이다.

지 생활을 하는 것이고 둘째는 도둑질을 하면서 생계를 잇는 것이었다. 마지막으로는 머슴 생활을 하는 것이었다. 그중에서 내가 선택한 것은 머슴 생활이었다. 병원 집은 병원도 하면서 농사도 함께 짓고 있었다. 그 집에 기거하면서 농사일을 하게 되었다. 당시 논밭이 좀 있는 농가에서는 머슴, 즉 일꾼을 두고 농사를 지었다. 그렇게 해서 나는 머슴이 되었다. 가장 정직한 일이기에 선택했지만, 힘들기도 했고 무엇보다 부끄러웠다.

논농사와 밭농사를 짓는 것뿐 아니라 가축을 기르고 산에서 나무하는 일이나 똥통을 지고 거름을 주는 일 등 모두 태어나서 처음으로 하는 일들이었다. 그러다 보니 일하는 게 서툰 데다가 너무 힘들었다. 3년간 전쟁터에서 지내는 것도 힘들었지만, 머슴 생활은 그보다 더 힘들었다. 무엇보다 치욕적이었다. 이북에서 학교를 다니면서 공부했던 생활이 너무나 그리웠다. 공부도 잘하고 학교생활도 적극적이어서 선생님들에게는 칭찬을 받고 친구들에게는 선망의 대상이었던 학창시절과는 180도 처지가 바뀌었다. 모든 것이 원통했다. 하루하루 사는 것이 고역이고 수치스러웠다. 얼른 통일되어서 집으로 돌아갈 수 있길 바랐다.

당시 머슴은 농토도 많고 잘사는 집에 기거하면서 그 집의 모든 일을 했다. 한마디로 종이었다. 청소부터 불 때는 일 등 모든 집안일을 새벽부터 어두워질 때까지 일했다. 토요일이나 일요일, 공휴일도 없었다. 바쁠 땐 밤늦게까지 일했다. 쉬는 날은 설에 7일간, 2월에는 초하루부터 이레까지, 3월에는 3월 3일 삼짇날, 4월에는 초파일, 5월에는 단오, 7월에는 칠석, 8월에는 추석 5일간이 전부였다. 쉬는 날이라도 소나 돼지 등의 가축을 건사하는 일은 해야 했다. 조선 시대의 종과 다른 게 있다면 보수가 있다는 것인데, 1년에 벼 몇 섬씩을 받고 일했다. 일을 아주 잘하는 사람은 1년에 벼 여덟 섬, 쌀로 해서 여덟 가마니를 받았다. 이것이 가장 많이 받는 보수였는데, 관내에 두 사람 정도나 이런 보수를 받을 수 있었다. 지금 쌀 시세로 한다면 1년에 136만 원을 받은 셈이다. 월로 계산하면 10만 원 조금 넘게 받은 꼴이다. 대개는 벼 일곱 섬이나 여섯 섬을 받았다. 나이 어린 머슴은 젖머슴이라고 불렀는데, 1년에 벼 두 섬을 받았다. 난 일할 줄 모르는 서툰 풋내기라서 벼 두 섬을 받았다. 지금으로 치면 연봉 34만 원, 즉 월급이 3만 원 정도인 셈이었다. 그래서 이처럼 고된 머슴 일을 마다하고 끼니마다 집집을 다니며 얻어먹는 거지 생활을 하는 사람이 더 많았다.

나는 4천 평 정도 되는 논밭 농사를 혼자 지었다. 그리고 한 번도 짊어진 적이 없는 지게를 지고 가서 나뭇짐을 해왔다. 그때는 다들 나무를 연료로 쓰던 때라 동네 인근에서 땔감을 구하기가 쉽지 않았다. 그래서 동네를 벗어나 먼 산까지 가서 나무를 해왔다. 10㎞ 정도 떨어진 데까지 가서 6, 70㎏ 되는 나뭇짐을 짊어지고 왔다. 일은 서툴러도 덩치가 큰지라 나뭇짐을 적게 지고 올 수가 없었다. 지게에 나뭇짐을 쌓아 올리고 단단히 묶은 다음에 지게를 짊어지는데, 그것부터가 쉽지 않았다. 몇 번 시도해서 간신히 지게를 짊어지고 나서 한 걸음 한 걸음 떼는데 나뭇짐의 무게에 허리가 절로 꺾이었다. 어깨는 끊어질 듯이 아프고 두 다리는 후들거렸다. 지게에 쌓아 올린 나뭇짐이 쏟아져 다시 쌓아 올린 적도 많았다. 돌아오는 길은 왜 그리 멀던지.

몸에 익지 않은 일이라 잘하지 못하는 것이 당연하였는데도 사람들 눈치가 그리도 보였다. 기대치라는 게 있지 않은가. 말했던 것처럼 나는 덩치가 크다. 덩치가 크면 그만치 일을 하겠지 하고 내심 기대하게 되는 법이다. 덩치도 있는 놈이 나뭇짐을 이만큼밖에 안 해왔냐 하고 타박하는 소리가 들리는 듯했다. 일은 서툰데 사람들한테 욕을 먹지 않으려면 더 많이 일해야 할 것 같고…. 그러려니 일하는 것이 정말 고되었다. 사실 시골 사람들이 인정이 있는지라, 휘청거리며 나뭇짐을 지고 오는 나를 보고 도와주고 싶은 마음이 들지 않은 것은 아니었다. 그런데 지고 있는 나뭇짐이 워낙 커서 도와주겠다고 선뜻 나설 수가 없었다. 남에게 아쉬운 소리를 하지 않으려는 자존심에 혼자 다 감당했다.

무엇보다 또래 아이들과 마주칠 때 창피했다. 아무래도 나무하는 일이 험하다 보니 옷이 쉬이 찢어지고 닳아질 수밖에 없어서 맨살이 드러나 보이기 마련이었다. 그런 차림으로 지게를 지고 오다가 교복을 입은 또래 아이들과 마주칠 때면 귓불이 발개졌다. 부모 그늘 속에서 학교를 다니는 그네들이 너무나 부러웠다.

잠시 버티자 했던 것이었는데

1953년 7월 27일에 유엔군과 북한 사이에 휴전협정이 조인되자 곧 통일이 될 거라고 생각했다. 생활이 힘들 때마다 빨리 통일이 되어서 얼른 집에 갔으면 좋겠다고 생각했다. 봄 지나 여름이 오는 것처럼, 곧 통일이 되리라는 것에 아무런 의구심도 품지 않았다. 그래서 병원 집에서의 머슴 생활을 견딘 것이었다. 여기 생활이 힘들긴 해도 잠시 머무는 것이니까 이대로 있다가 통일이 되어서 집으로 돌아가면 공부도 다시 하자, 그런 심정으로 있었다. 그렇게 '금방 통일이 될 거야. 그러니 잠시 버티자.' 했던 것이 몇십 년이 흘러버렸다.

당시 내 인생은 임시였다. 내가 하고 싶은, 해야 할 모든 것은 통일 이후로 미루었다. 곧 통일이 될 것이므로, 이남에서 내 삶은 임시였다. 잠깐 견디면 되는 삶이었다. 그래서 내가 처한 상황을 적극적으로 극복할 생각을 하지 않았다. 이 상황을 잠시 견디면 된다고 생각한 것이다. 난 모든 것을 통일 이후로 미루어버린 것이다. 공부를 계속할 방법을 찾지도 않았으며, 더 나은 일자리를 알아보는 일도 하지 않았다. 나와 같은 생각을 하는 실향민들이 적지 않았다. 이북에 토지가 많이 있는데, 이남에서 애써 재산을 일굴 까닭이 뭐가 있겠는가 하고 생각하는 사람도 있었다. 내가 그 사람과 다른 점은 그 사람은 이런 생각으로 평생을 살았지만, 나는 곧 그 생각을 접고 이남에 뿌리를 내리려고 했다는 것이다.

늘 배가 고팠던 시절

평생 힘든 육체노동을 하고 지금도 농사일을 하고 있지만, 언양에서 머슴 살던 그때로 돌아가 그 일을 다시 하라고 하면 도저히 하지 못할 것 같다. 요즘 젊은 사람들은 아마 상상하기 어려울 것이다. 배가 항상 고팠다. 세 끼 다 먹었지만 늘 배가 고팠다. 덩치가 커서 그만큼 먹성도 좋았는데 늘 밥이 부족했다. 그런데 밥을 더 달라는 소리를 하지 못했다. 부끄럼이 많은 성격이라 배가 고파도 배가 고프다고 말을 못했다. 아마 어머니가 일찍 돌아가시고 난 후 어려서 큰집에서 생활하면서부터 눈치를 봤던 생활 때문이 아닐까 싶다. 나를 귀애해 주시는 조부모님이 계신다고 해도 친부모가 아닌 큰아버지, 큰어머니 밑에서 사촌들하고 같이 살다 보니 조심스러워지고 눈치를 살필 수밖에 없었다.

돈이 있어서 사 먹을 수 있었던 것도 아니고 일하면서 주는 세 끼만 먹고 살았다. 가끔 바쁠 때 품앗이를 했는데, 이때는 큰 양푼에 밥을 한데 비벼놓고 먹었다. 자기 양이 정해진 것이 아니어서 빨리 많이 먹는 사람이 임자였다. 늘 허기가 질 때라 다른 사람들은 생각지도 않고 허겁지겁 양껏 먹었다. 다른 사람들이 봤을 때는 얼마나 황당하고 우스운 꼴이었을지. 그렇게 7, 8년을 배고프게 살았다. 언양에 간 때가 열여덟 살이었으니, 한창 먹성이 좋은 10대 후반에서 20대 초중반을 그곳에서 배를 곯으며 힘든 농사일을 하면서 살았다.

성당에 다니다

배도 고프고 고된 농사일도 힘들었지만, 무엇보다 힘든 것은 외로움이었다. 사실 고된 육체노동도 점차 시간이 흐르자 몸에 익어가면서 처음처럼 힘들지는 않았다. 하지만 시간이 흐를수록 혼자라는 것이 뼈저리게 느껴졌다. 나중에야 언양에도 이북에서 온 사람들이 몇몇 있다는 것을 알게 되었다. 식구들이 다 모이는 명절날이면 가슴에 찬바람이 불었다.

그리고 외로움과 더불어 혼란스러웠다. 이북에서 학교를 다닌 나로서는 이북에서 말하는 것이 다 옳은 것으로 알았다. 하지만 국군들 속에서 6·25전쟁을 겪고 이남에서 생활하는 동안 이북에서 배운 내용이 거짓이라는 것을 깨달았다. 이북에서의 선거가 미리 정해진 것이라면 이남에서의 선거는 사람들에게 선택권이 있었다. 이북에서 인민을 위한 정치라고, 민주주의라고 강변했던 것이 실상은 그렇지 않다는 것을 알게 되었다. 이북에서 소년 시절 확립된 가치관이 무너져 내리고 있었다. 이에 더하여 나는 의지할 사람 하나 없는 천애고아에, 사람들이 천대하는 머슴이었다. 외롭고 서러웠다.

그래서 간 곳이 성당이었다. 신앙을 가진 사람들이 더없이 평화로워 보였다. 나도 신에게 의지하여 그런 평온함을 누리고 싶었다. 일요일 새벽마다 이슬이 맺힌 풀숲을 지나 성당에 갔다. 하느님이 구원해 주어서 평화를 얻었다는 다른 이들처럼 나도 구원받기를 바랐다. 하지만 이런 내 소망은 이루어지지 않았다.

외롭고 서러웠다.
신에게 의지하여 평온함을 누리고 싶었다.

신부님이 설교하실 때마다 내 안에서 이를 반박하는 소리가 끊이지 않았다. 모든 것을 알고 모든 것에 능한, 말 그대로 전지전능하신 하느님이라면, 어찌하여 인간들이 전쟁을 일으켜 서로 살육하는 것을 지켜보고만 있는가. 모든 것에 능한 분이라면 인간의 마음에 선함만 깃들게 할 수는 없는 것인가. 전지전능한 하느님이 계신다면 전쟁이나 우리가 목격하는 인간의 무수한 악행 같은 것은 마땅히 없어야 했다. 신의 존재를 믿을 수가 없었다. 그렇게 2년간 다니다가 그만두고 말았다. 어쩌면 신앙이라는 것은 논리적으로 따져서는 가질 수 없는 것인지도 모르겠다.

운명에 대한 오기

이북에서 나를 아는 식구들이나 친구들이 이러고 있는 나를 봤다면 아마도 '무슨 미련한 짓을 하고 있는 게냐?' 했을 것이다. 아무런 연고도 없고 돈도 한 푼 없는 내가 농촌 지역인 언양에서 할 수 있는 일이 머슴살이라고 한다면, 그 문제는 언양을 떠나서 다른 일을 구하면 해결되는 것이었다. 그런데도 몸에 익지 않은 농사일을 하고, 항시 배는 고프고, 고된 일에 비해 그 대가는 턱없이 적은, 게다가 사람들이 우습게 여길 만한 머슴 일을 계속하는 것을 본다면, 당연히 '모자란 놈!' 할 수밖에 없을 것이다.

그런데 내게 이 일은 자신과의 싸움이었다. 나를 이렇게 패대기치는 운명이라는 것에 화가 났다. 어린 내게서 어머니를 빼앗아가고, 그다음으로는 식구들 품에서 떼어내 전쟁터를 떠돌게 하더니, 이제는 머슴으로까지 살게 하는 운명에 대해 화가 났다. 계속 내게 펀치를 날리며 '이래도 해볼래?' 하는 운명에 대해, '그래, 누가 이기나 해보자!' 하는 심정이었다. 그래서 언양을 떠나 서러운 생활을 모면할 길이 있는데도 이 서러움을 이겨보고 싶은 마음이 들었다. 극복하고 싶은 마음, 오기라고 할까. 운명을 이기고 싶었다. 그 싸움에서 지고 싶지 않았다. 그래서 그 생활을 견뎠다. 그때는 몰랐다. 운명이 날리는 펀치가 내 인생 내내 기다리고 있다는 것을 말이다. 그런데 운명도 몰랐을 것이다. 내가 그에게 무릎을 꿇지 않으리라는 것을 말이다.

8년간 모은 새경을 모두 날리고

군부대에서 군속으로 일할 때 돈 한 푼 받지 못한 것처럼 머슴살이한 첫해에는 일한 대가를 받지 못했다. 일을 잘하지 못한다는 이유였다. 2, 3년 지나면서 동네의 다른 일꾼들처럼 대우를 받아야 하는 게 아니냐 해서 일의 대가를 받게 되었다. 당시에는 머슴에게 주는 새경이라는 게 있었는데, 그게 1년에 쌀 한 가마니나 두 가마니를 주는 것이었다. 일을 잘 못하니까 몇 년 동안 새경으로 한 가마니를 받았다. 그러다가 나중에야 두 가마니를 받게 되었다. 지금 쌀 한 가마니는 16만 원 정도 한다. 물론 그 당시 쌀 한 가마니가 지금보다 훨씬 더 가치가 있기는 했지만, 그렇게 일하고 받은 대가치고는 형편없이 적은 것은 사실이다.

　일해서 받은 쌀 한 가마니, 두 가마니를 쓰지 않고 그대로 저축했다. 당시에는 쌀 한 가마니를 1년간 빌려주고 이자로 반 가마니를 받는, 장리쌀이라는 것이 있었다. 8년 동안 새경으로 받은 쌀을 장리로 놓다 보니, 불어서 스무 가마니 정도가 되었다. 물론 장리로 놓은 쌀을 이자는커녕 원금도 못 받고 날린 적도 있었다. 1950년대에는 쌀이 현찰인지라, 스무 가마니이면 대단한 가치가 있었다. 그런데 그걸 탐내는 사람들이 있었다. 울타리가 되어줄 만한 가족이나 친인척이 없는 나이 어린 사람이어서 더 만만하게 보았을지도 모르겠다. 쌀을 창고에 넣어두었는데 쥐가 들락거리면서 조금씩 손실이 생기기 시작했다. 내게는 8년간의 피땀이 밴 귀중한 재산이었지만, 이것을 지키기가 쉽지 않다는 걸 느꼈다.

　그때 언양에서 사진관을 하는 사람이 언양중학교에서 사진앨범을 만들면 돈을 벌 수 있으니 자신에게 쌀 스무 가마니를 투자하라고 했다. 자기네 사진관 집을 담보로 하겠다고 했다. 창고에 쌀을 보관하는 것이 쉬운 일이 아닌 것을 절감하고 있던 차였다. 혹여 잘못되더라도 집을 담보로 했으니, 집은 남는 것이 아닌가 싶었다. 그러면 남의 집 생활도 청산하고 제집이 생기는 것이다. 나쁘지 않은 거래라고 생각했다. 쌀 스무 가마니를 그 사람에게 넘겼다. '잘못되더라도 집은 남겠지.' 했던 생각이 정말로 씨가 되어서, 쌀 스무 가마니는 날아가고 그 대신 사진관 집을 받게 되었다. 스무 가마니 대신 인수한 사진관에서 사진사 노릇을 했다.

사진 찍는 법은 사진관 주인에게서 배웠다. 그래서 지금도 고급 기술까지는 몰라도 사진 찍는 방향이나 배경은 잡을 줄 안다.

그런데 사진관 집이 다른 사람에게 넘어가게 되었다. 알고 보니 사진관 주인은 나한테만 그 집을 담보로 제공한 것이 아니라 다른 사람에게도 그 집을 담보로 제공했던 것이었다. 그 사람과 내가 다른 점은 나는 그 사진관 주인과 구두로 계약했지만, 그 사람은 서류로 계약했다는 것이다. 법을 알지 못해서 말로 한 약속이었다. 내가 법적으로 주장할 수 있는 권리는 아무것도 없었다. 8년 동안 배를 곯으며 한 푼도 쓰지 않고 모았던 재산이었는데, 하나도 남김없이 사라져 버렸다. 기가 찰 노릇이었다. 2년 가까이 사진관을 운영하고 있던 시점에 일어난 일이었다.

그런 와중에 국토건설단에 징집되었다. 국토건설단은 1961년 박정희 대통령이 만 28세 이상의 병역미필자들로 하여금 국토건설사업을 수행하게 할 목적으로 만들었다. 내가 국토단에 징집된 데에는 다음과 같은 사연이 있다. 이남에 내려와서 1954년인가 1955년쯤에 호적 정리를 하게 되었다. 그때 내 나이가 19, 20살이었는데, 실제 나이 그대로 호적을 올리게 되면 징집 해당 나이가 되어서 군대에 가야 할 상황이었다. 이미 6·25전쟁 중에 3년 가까이 군 생활을 했는데 다시 군대를 가야 하는 게 억울했다. 그래서 실제 나이보다 다섯 살을 올려서 호적 정리를 했다. 그러니까 실제 출생연도는 1936년인데, 호적에는 1931년으로 올린 것이다. 그런데 이렇게 일부러 다섯 살을 더 먹어가면서까지 군대를 피했는데 결국에는 갔다. 1960년 5·16군사정변이 일어난 후, 정부에서 만 28세 이상의 병역미필자를 구제한다면서 국토단으로 징집한 것이다. 1962년 국토단에 징집되어 6개월 정도 복무했는데, 일반 군인들처럼 훈련도 받고 울산에서 길 닦는 일을 했다. 그러다가 국토단 운영에 문제가 있었던 건지 일괄적으로 해체되어서 전원 귀가 조치를 받았다. 1962년 11월 말에 일등병 제대증을 받고 나왔다.

괭이 하나로 산을 개간하다

언양에서 만난 고향 사람의 제안

국토단에서 제대한 지 몇 달 후에 장서웅 씨라는 사람이 나를 찾아왔다. 장서웅 씨는 함경도 단천에서 피난 온 분으로 언양에서 알게 된 동향 사람이었다. 그 사람은 이곳에 와서 결혼하여 가정을 이루고 살고 있었다. 인부들을 데리고 나무를 베어서 목재를 생산하는, 즉 산판 일을 했는데 일도 잘하고 계산도 빠른 사람이었다. 이미 언양에 집도 사놓고 있었다.

그 사람이 하는 말이 반구대 옆에 자기 산이 만 평 있는데, 그 산을 개간해 주면 내게 반을 주겠다고 했다. 반이면 5천 평이었다. 개간비로 나오는 4만 원도 내게 주겠다고 했다. 당시 정부에서는 농사지을 땅을 늘리기 위해서 개간을 장려하려고 1평에 4원을 개간비로 지원해 주고 있었다. 정부에서 주는 개간비 4만 원과 개간한 땅의 반인 5천 평을 주겠다고 한 것이다. 8년 동안 일한 대가를 몽땅 잃어버리고 무일푼인 된 내게는 그야말로 솔깃한 제안이었다. 물론 나만 이득을 보는 제안은 아니었다. 산을 개간해서 밭이 되면 땅값이 열 배로 오른다. 그러니 개간한 땅의 반만 가져도 크게 남는 장사인 것이다. 개간하는 노력은 내가 하고 그 사람은 가만히 앉아서 개간지 5천 평을 차지하게 되는 것이다.

장서웅 씨는 산판 일을 하는 사람인지라, 개간한다는 것이 얼마나 힘든 일인지를 잘 알고 있었다. 개간이 쉬운 일이었다면 자신이 데리고 있던 인부들을 부려서 산을 개간하여 만 평을 혼자 다 차지했을 것이다. 어렵고 힘든 일인지를 아니까 내게 그런 조건을 제시한 것이다. 정부가 개간비를 준다고 해도 나서는 사람이 별로 없을 만큼 산을 밭으로 만드는 것은 힘든 일이었다. 나는 그 제안을 받아들였다. 장서웅 씨는 정부에서 주는 개간비에서 내 식량을 대주기로 했다.

하루도 쉬지 않고 괭이질을 하다

이남에 처음 왔을 때처럼 새경으로 모은 재산을 모두 날리고 다시 빈손이 되었지만, 그때와는 다른 점이 있었다. 그것은 굳은살이 박인 손바닥이다. 처음 머슴살이할 때에는 물집이 잡히고 터지고 했던 손바닥이 점차 시간이 흐르자 굳은살이 박이고 돌멩이처럼 단단해졌다. 수중에 가진 돈도 없고 도와달라고 손을 내밀 만한 사람도 없는 내게 유일한 밑천이 있다면, 그것은 바로 내 육신이었다. 1년에 쌀 한 가마니 받고도 아침부터 밤까지 일한 몸이었다. 내 땅 5천 평이 생긴다는데, 두려울 것은 아무것도 없었다. 가슴이 부풀어 올랐다.

개간할 산 한쪽에 기거하고 지낼 오두막을 지었다. 가까운 부락이 두동면 천전리였는데, 그곳에서 2㎞가량 떨어진 외딴곳이었다. 해가 지면 사방에 불빛 한 점 찾아볼 수 없는 곳이었다. 외진 곳이다 보니 대화를 할 사람도 없었다. 말 한마디도 하지 않고 지낼 때가 많았다. 문득 '이러다 벙어리가 되는 게 아닐까?' 하는 생각이 들었다. 그래서 나 자신과 대화를 하기로 했다.

"여기에는 뭐 심을 거냐?"

"고구마 심을 거야."

내가 자신에게 묻고 스스로 답했다. 지켜보는 사람이 없는데도 그러고 있으려니 부끄러웠다.

만 평이므로 하루에 5, 60평을 개간한다면 6개월이면 끝낼 수 있었다. 눈짐작으로 하루에 일할 목표량을 정했다. 새벽부터 어두워질 때까지 괭이 하나로 날마다 나무뿌리와 돌덩이를 캤다. 그리고 캔 나무뿌리는 지게에 짊어지고 가서 빈터에 쌓아두었다. 하루에 캔 나무뿌리가 200㎏ 정도 되었는데, 이것을 지게에 짊어지고 몇 번 날라야 하루 일이 끝났다. 날이 어둑어둑해져 오면 벌써 어두워졌나 싶었다. 눈짐작으로 정해놓은 땅만큼 못 끝냈을 때에는 아쉬웠지만 어쩔 수 없이 손에서 괭이를 내려놓아야 했다. 어둑해서 밥을 지었는데, 밥할 시간도 아까워서 다음 날 점심까지 한꺼번에 지었다. 장서웅 씨한테서 한 달 치 식량으로 80㎏ 쌀 한 가

새벽부터 어두워질 때까지 괭이 하나로 날마다 나무뿌리와
놀덩이를 캐가며 개간했던 곳(오른쪽). 최근에 다시 찾아가 보니 산으로 바뀌어 있었다.

마니를 받았는데, 그걸 다 먹었다. 지금 한 사람이 1년 동안 먹는 쌀이 60kg 정도이니, 내가 한 달 동안 혼자서 80kg을 먹었다면 요즘 젊은 사람들은 거짓말이라고 생각할 것이다. 그런데 사실 그것으로도 양이 안 찼다. 아껴서 먹은 게 그 정도였다. 반찬이라는 것은 따로 없었다. 간장이나 소금을 반찬 삼아 먹었다. 간장은 짜서 간장 한 되면 쌀 몇 가마니하고 먹을 수 있었다.

한 달 동안 모자라지 않게 먹으려고 하루 치 양을 정해서 밥을 지어 먹었다. 그날 저녁과 다음 날 아침, 점심까지 세 번으로 나눠서 먹어야 해서, 저녁을 먹을 때 양이 안 차는데도 수저를 내려놓아야 했다. 밥을 먹고 한 발짝만 돌아서도 배가 고플 때였다. 누가 옆에서 말리지 않는데도 수저를 내려놓은 것은 자신과의 약속 때문이었다.

이처럼 먹고 싶은 것을 참는 것만큼 힘든 것이 있었는데, 새벽에 일어나는 것이었다. 동이 터 오르면 잠을 더 자고 싶은데도 따스한 방에서 일어나야 했다. 이런 게으름을 이겨내는 데 가장 좋은 것이 있었는데, 바로 겨울 새벽이다. 추위 때문에 몸을 움직이지 않고 누워있는 것이 더 고통인지라 벌떡 일어나지 않을 수가 없다. 괭이로 땅을 파고 나무뿌리를 캐다 보면 몸에서 열이 나고 땀이 흐르니 춥지도 않고 좋았다.

땅을 깊이 팔수록 농작물은 더 잘 자라는 법이다. 그래서 품이 더 들더라도 땅을 깊이 팠다. 얼른 밭으로 만들어서 농작물을 심고 싶었다. 초록 물결로 넘실대는 모습을 보고 싶었다. 농작물을 수확해서 땅 전체를 살 것이고 그다음에 좋은 집을 지을 것이고 그다음엔…. 앞날을 머릿속으로 그렸다. 그날을 하루라도 빨리 오게 하려면 개간을 빨리 끝내야 했다. 그런데 벌써 해가 뉘엿뉘 엿 지고 있었다. 겨울 낮이 너무 짧아서 아쉽기만 했다.

나를 지탱해 준 친구, 일기

대부분의 사람들은 힘들 때 술, 담배를 찾는데, 당시 나는 술, 담배를 전혀 하지 않았다. 내가 힘들 때 의지했던 것은 일기였 다. 월남에 가기 전까지 꽤 오랫동안 일기를 썼다. 머슴살이할 때에도 개간할 때에도 일기를 썼다. 노동으로 몸이 단단해지는 것처럼 일기를 쓰면서 마음도 단단해졌다.

머슴살이할 때는 머슴 생활의 서러움과 원통함, 그리고 얼른 통일이 되어 고향에 돌아가고 싶은 마음을 일기장에 써내려갔 다. 그런데 개간할 때에는 스스로 세운 목표량에 얼마큼 도달했 는지 그리고 앞으로 해야 할 일 등을 썼다. 개간한 땅에는 무엇 을 심을지, 그렇게 심어서 수확한 것으로는 또 무엇을 할지를 꿈 에 부푼 마음으로 일기장에 써내려갔다. 저녁을 지어 먹고는 날 마다 일기를 썼다. 머슴살이할 때의 외롭고 서글픈 심정은 없었 다. 설령 그런 감정이 있다고 할지라도 무시했다. 그런 감상이나 자기연민에 시간을 낭비하고 싶지 않았기 때문이다.

이남에 내려오면서 나는 고향과 가족을 잃었을 뿐만 아니라 친 구도 잃었다. 친구라는 게 무언가. 기쁜 일도 함께 나누고, 힘든 일이 있으면 서로에게 위로와 격려를 건네주는 존재가 아닌가. 일기는 내게 그런 친구가 되어 주었다. 함께 반성도 하고, 잘했다고 칭찬도 해 주고, 잘해 보자고 의기투합도 하고, 울분도 들어주는…. 그 친구 덕에 외롭고 힘들었던 그 시기를 견딜 수 있었다.

새로운 꿈에 가슴이 부풀고

농촌은 소문이 잘 나는 곳이다. 내가 땅을 뒤지고 있다는 소문이 났는데, 간첩이 많을 때라 사람들은 '간첩 아니냐?'고 했다. 사람들이 개간하는 것을 구경하러 왔다. 때로는 10㎞ 정도 떨어진 먼 곳에서도 구경하러 왔다. 영하 1, 2도가 되는 추운 겨울에도 삼각 런닝구 하나 입고 땅을 뒤지고 있으니, 가까이는 못 오고 멀찌감치서 구경했다. 추운데도 일하는 게 신기했던지 나를 보면서 웃었다. 원래 구경이라는 게 특이한 점이 있어야 구경하러 가는 법! 자신들이 할 수 없는 일을 해내니, 구경하러 온 것이었다. 평생 몸을 쓰면서 농사일을 하는 사람들도 엄두를 못 내는 것이 개간 일이었다. 지금에야 포크레인 같은 장비라도 있지만, 당시에는 괭이 하나로 개간해야 했다.

일하는 동안 '개간한 땅을 내가 다 사야겠다.' 하는 욕심이 생겼다. 한 평에 고구마를 심으면 한 관이 나오고 그 돈이면 1평을 살 수 있겠구나, 하는 계산을 했다. 내가 받기로 한 5천 평에다 농사를 지어서 나머지 5천 평도 사야겠다는 욕심이 생겼다. 그

지금도 장갑을 버리지 못한다.
장갑 한 켤레가 얼마나 큰일을 하는지를 알기 때문이다.

런 생각이 드니 일할 때도 신바람이 났다. 머릿속으로 계산해 보니 개간을 끝내고 1년간 농사를 짓고 나면 이 땅을 다 살 수 있겠다는 생각이 들었다.

사실 개간하고 있는 땅 위치가 참 좋았다. 옆에 개울이 흘렀는데 민물고기도 많았다. 저 개울을 이용하여 전기를 일으키고 저기에는 집을 지어야겠다는 생각을 했고 잘살 수 있겠다는 희망에 부풀었다. 그래서 그렇게 힘든 일을 하는 것이 힘들지 않았다. 남의 집에서 머슴으로 일하는 동안 굳은살이 박이고 단단해진 손이 개간하면서 부르텄다. 물집이 잡힌 채 계속 일하다 보니 물집이 터지고 피가 맺혔다. 무시하고 계속 일하려고 했지만 아무래도 통증 때문에 일하는 속도가 더뎌지고 있었다. 장갑 한 켤레를 어렵게 얻어왔다. 그 한 켤레를 다 닳아서 떨어질 때까지 썼다. 그래서인지 지금도 장갑을 버리지 못한다. 장갑 한 켤레가 얼마나 큰일을 하는지를 알기 때문이다. 장갑 한 켤레가 있어서 손을 보호할 수 있었고 그 덕분에 개간 일을 계속할 수 있었던 것이다. 지금은 장갑이 흔한 것이 되어서 사람들이 장갑을 한 번 쓰고 버리는 모습을 보면 안타깝다. 우리 집에 일하러 온 사람들이 장갑을 버리고 가면 장갑을 버리지 않고 모아둔다.

6개월 만에 만 평의 땅을 다 뒤집었다. 마침내 해낸 것이다. 겨울에 시작했던 일이 여름에 끝난 것이다. 개간을 마치고 고구마 등 작물을 심었다.

무산된 꿈

그런데 기막힌 일이 일어났다. 땅 주인이 이 땅을 돌려달라고 한 것이다. 땅값이 올라서 땅 주인의 마음이 바뀐 것은 아니었다. 땅 주인이 산판 사업을 하다 보니 빚진 게 있었다. 당시 언양의 이춘상이라는 부자에게서 돈을 빌려 썼는데, 돈을 갚지 못하자 그쪽에서 이 땅을 달라고 한 것이었다. 빚진 사람이야 빚 대신 땅을 주게 된 상황이겠지만, 나는 기가 찼다.

이번에도 계약서 없이 구두로만 약속한지라 법적으로 대응할 수도 없는 상황이었다. 개간하고 작물을 심고 그렇게 1년을 보냈는데, 딴 사람한테 넘겨줘야 하는 상황이었다. 고스란히 내줘야 했다. 단지 약속받았던 5천 평만을 잃은 것이 아니었다. 일하면서 내가 꿈꾸었던 모든 것을 잃는 것이기도 했다. 그 힘든 개간 일을 견디도록 해주었던 꿈도 함께 잃은 셈이었다. 1차로 사진관에 쌀 스무 가마니를 빼앗기고, 이어서 개간한 땅마저 빼앗기게 되니, 팔짝 뛰고 미칠 노릇이었다. 구두로 한 약속이 법적으로 아무런 효용이 없다는 것을 겪었으면서도 나는 개간할 때에 따로 서류를 작성하지 않았다. 땅 주인인 장서웅 씨는 언양에서 알았지만 한 고향 사람이기도 하고 그동안 언행으로 봐서 믿을 만한 사람이라고 생각했기 때문이다. 아마 장서웅 씨도 빚이 없었다면 그 약속을 지켰을 것이다. 결국 재판할 능력도 없고 재판을 한다고 할지라도 법적으로 승소할 수도 없는 상황이어서 포기했다. 안 되는 일에 대해서는 빨리 포기할 줄을 알았다.

또다시 알거지가 되었다. 처음 스무 가마니를 잃은 것보다 이번에 잃은 것이 훨씬 더 컸다. 비가 와도 눈이 와도 하루도 빠짐없이 6개월을 개간해서 얻은 땅이었다. 이남에 처음 내려와서는 얼른 통일이 되어 집으로 돌아가고 싶다는 바람뿐이었다. 그런데 개간하는 동안 이곳에서 정착할 꿈을 꾸게 된 것이다. 그것은 아마도 통일이 내 바람처럼 쉽게 이루어지지 않을 것임을, 그래서 여기서 뿌리를 내리고 살아야 함을 자각했기 때문일 것이다. 하지만 개간한 땅과 함께 그곳에서 이루고 싶었던 꿈도 몽땅 잃고 말았다.

가장 강한 힘을 갖게 되다

이상한 일이었다. 쌀 스무 가마니를 잃었을 때보다 더 상심해야 했지만, 그러지 않았다. '아무것도 없는 상태에서도 살았는데 지금은 힘을 길렀다.'는 생각이 들었다. 상심은 했지만 절망하지는 않았다. 살아갈 일이 암담하지도 않았다. 지금 당장은 가진 게 하나도 없지만 나 자신이 마음만 먹으면 그 어떤 일도 해낼 수 있는 능력이 있다는 것을 알게 되었기 때문이었다. 남의 집에서 머슴살이하는 동안 강도가 센 육체노동도 이제는 힘겨워하지 않고 쉬 해낼 수 있는 몸이 만들어졌다. 그리고 그 몸으로 아무도 엄두를 내지 못하는, 1만 평 임야를 개간해 냈다.

그러는 동안 자신에 대한 믿음과 자부심, 긍지가 커졌다. 거듭 되는 시련을 겪으면서 그 어느 누구보다 강한 육체적 힘과 정신적 힘을 갖게 된 것이다. 사람들은 돈이나 권력을 힘이라고 생각하고 이를 좇는다. 그런데 외부에 있는 돈이나 명예는 상황에 따라 생기기도 하고 사라지기도 한다. 하지만 내적인 힘은 그 누구도 빼앗아 갈 수 없는 것이다. 나는 이 힘을 쌀 스무 가마니와 개간지 만 평을 지불하고서 얻었다. 그리고 그 힘으로 지금까지 살아왔다.

빈손으로 서울에 올라가다

월남한 식구들과 상봉하다

이럴 즈음에 내 사정을 알게 된 고모부가 서울로 올라오라고
했다. 이 이야기를 하기 전에 식구들을 만나게 된 것부터 말하자
면 이렇다.

쌀 스무 가마니 대신 인수하게 된 사진관을 운영하고 있을 때
이다. 언양 사람이 부산에서 결혼식을 하게 되어 부산으로 출장
을 갔다. 사진을 다 찍고 식당에서 식사하는데 이북 사람들 말소
리가 들리는 것이 아닌가. 반가운 마음에 갔더니 고향 사람들이
었다. 그래서 식구들 소식을 물었더니, 친척들이 내려와서 산다
고 했다. 부산에 계모와 동생들이 살고 있고, 서울에 고모가 있
다는 것이다. 당장 부산에 사는 계모와 동생들을 찾아가서 만났
다. 사실 계모를 이북에서 살 때 한 번도 본 적이 없어서 그때 처
음 보게 되었다. 전재 중에 아버지는 인민군으로 나가 있었고,

계모가 동생들을 데리고 이남에 내려온 것이다. 남동생은 서울 고모부 집에 있었고, 여동생은 계모와 함께 지내고 있었다. 의붓 여동생도 둘 있었다. 계모가 아버지에게 재가를 오면서 데리고 온 아들도 함께 내려왔는데, 이남에 와서 죽었다고 했다. 1950년 전쟁이 일어날 때 헤어져 13년 만에 식구들을 만나게 된 것이다. 할아버지, 할머니, 아버지, 큰집 식구들은 이남에 내려오지 않았 다고 했다.

서울에서 내 소식을 들은 고모부가 남동생을 내려보냈다. 그런 데 동생을 내려보내기 전에 의논했다고 한다. 고모부는 6·25 때 나왔으면 진작 만났을 텐데 왜 이제야 만났나 하면서 의심을 하 였다. 그래서 간첩이 되어 내려온 줄 알고 자수시키자는 의논을 했던 모양이다. 근데 내가 6·25 때 내려왔다니까 '멍청한 놈이 왜 이때까지 안 찾고 지냈냐.'며 난리가 났다. 열다섯 살에 국군에 차 출되어 내려와서는 군부대에 매여 있었고, 언양에 와서는 병원 집 에 매여 사느라 적극적으로 찾을 생각을 하지 못했던 것이다.

고모부 밑에서 일하다

고모부는 흥남에서 기술자로 일했는데, 서울에 와서도 그 기 술을 활용해서 철공 사업을 했다. 경제적으로 여유가 있었던 고 모부는 남동생을 데리고 살면서 공부를 시켜 주고 있었다. 개간 한 땅을 고스란히 넘겨주고 빈손이 된 나는 서울에 올라가게 되었다. 고모부가 자신의 철공소에 와서 일하라고 한 것이다. 일당으로 계산해서 월급을 주겠다고 했다.

덩치도 있고 힘도 좋으니까 힘들고 어려운 일은 나를 시켰다. 망치로 콘크리트 깨는 일처럼 힘을 많이 쓰는 일은 다 내 차지였다. 게다가 고모부가 하는 일인지라 인부들 인원을 파악하고 명단을 정리해서 올리는 것이나 자재 챙기는 것 등 잡다한 일까지 모두 내 차지였다. 일이 많았지만, 언양에서 일했던 것보다는 수월했다. 적은 양의 일이 아닌데도 상대적으로 수월하게 느껴진 것은 언양에서 힘들게 일하면서 힘을 길렀기 때문이다. 퇴근한 후에는 밤에 공장을 지켜야 해서 사무실에서 혼자 잠을 잤다. 사무실에서 혼자 있다 보니 견적서 같은 일 관련 서류를 보게 되었다. 그러다 보니 공사하는 데 돈이 얼마 들고, 인부는 얼마나 필요하고, 어떻게 하면 이문이 더 남을지 등이 보였다. 일이 어떻게 굴러가는지가 파악되었다.

따로 독립하다

고모부 밑에서 1년 정도 일했다. 사무실 숙직은 식대 대신으로 하고, 낮에 일한 것은 일당을 쳐주기로 했지만, 월급을 제대로 안 줬다. 그런데 고모부에게 월급을 제대로 달라고 말하기가 어려웠다. 고모부가 남동생을 데리고 있으면서 공부를 시켜 주고 있었기 때문이다.

그때 내 나이가 20대 후반이었다. 당시에는 그 나이면 대개가 결혼해서 가정을 이루고 살 나이였다. 근데 나는 결혼은커녕 아무런 기반도 없는 상황이었다. 내 생활을 꾸리지 않으면 안 되겠다 싶었다. 그래서 고모부에게 금액이 낮은, 십만 원 미만짜리 일은 내게 하청으로 달라고 했다. 그동안 고모부 밑에서 일하면서 일이 어떻게 돌아가는지는 파악하고 있어서 나름대로 자신이 있었다. 그래서 별도로 독립하게 되었다.

내게 기술을 가르쳐준 기술자들을 데리고 일했다. 고모부는 현대건설 등 큰 회사에서 하청을 받아서 일했는데, 그중 금액이 적은 것을 내게 다시 하청으로 주었다. 그렇다 보니 일해도 남는 돈이 거의 없었다. 사실 이런 상황을 알고 시작했다. 고모부 밑에서는 일해도 따로 대가를 받기가 어려워서 내 인건비라도 건질 생각으로 시작한 일이었다. 인건비를 절약하는 것이 곧 남는 돈이다 보니, 내가 할 수 있는 일은 다 내가 했다.

영하 18도에 물속으로

"여길 들어가겠다고? 미친 거 아녀?"

독립해서 일을 시작했을 때부터 함께 일해 온 김 씨 아저씨가 펄쩍 뛰었다.

"수영에는 자신 있습니다. 걱정 안 하셔도 돼요."

"지금 수영이 문제여? 이 엄동설한에 얼마나 깊은지도 모른 디를 들어간다고? 까닥 잘못허면 심장마비여. 죽는다고!"

김 씨 아저씨와 이처럼 옥신각신하게 된 것은 연장 때문이었다. 물탱크의 뚜껑을 만드는 일을 의뢰받아서 모래네 수원지에 와 있었다. 직경이 8m쯤 된 물탱크 안에 받침대를 세워서 빗물이 들어가지 못하게 뚜껑을 만드는 일이었다. 인부들을 데리고 일을 하고 있는데, 인부 중의 한 사람이 그만 물탱크 안에 연장을 떨어뜨린 것이다. 물탱크 안은 물로 가득 차 있었다. 지금이야 값이 얼마 안 되는 것이지만, 당시 나한테는 정말 귀중한 연장이었다.

1월이었고 기온은 영하 18도를 가리키고 있었다. 일을 하려면 연장이 필요했다. 물탱크 속에 들어가서 가져와야만 했다. 처음 간 곳이라 물탱크의 깊이는 알지 못했다. 김 씨 아저씨의 만류를 뿌리치고 밧줄을 구해 왔다. 체조를 간단히 하고 옷을 벗고는 허리에 밧줄을 묶었다. 내가 들어가서 나오지 않으면 끌어올리라는 말을 남기고 들어갔다.

예상은 했지만 '헉!' 소리가 나올 만큼 차가웠다. 최대한 빠른 시간에 연장을 찾아와야 했다. 이쯤이면 바닥에 닿겠지 했는데, 생각보다 깊었다. 숨이 차올랐다. 밧줄로 신호를 보내서 물 위로 올라왔다. 하지만 곧 숨을 깊게 들이마시고는 다시 입수했다. 결국은 연장을 찾아서 올라왔다. 올라오자마자 김 씨 아저씨가 담요를 덮어 주었다. 온몸이 사정없이 떨려왔다. 근처 집에 가서 몸을 녹였는데, 몸 떨림이 쉬이 멈추질 않았다. 자칫 목숨도 잃을 수 있는 상황이었다. 그때 내 경제력으로는 몇만 원짜리 연장이 내 몸을 담보로 할 정도로 중한 것이었다.

고모부가 영월발전소 일을 할 때 자재 배달을 내가 하게 되었다. 을지로에서 청량리역까지 자재를 옮겨야 했다. 용달로 옮기면 돈이 드니까, 나 혼자서 수레에 자재를 싣고 끌고 갔다. 지금 젊은이들은 상상할 수도 없는 일일 것이다. 그런데 이 일은 내가 그동안 해온 일보다 수월한 편에 속한다.

앞에서도 말했지만, 개간하면서 어떤 일이든지 해낼 수 있는 힘이 생겼다. 철근 같은 자신감이 생긴 것이다. 이 자신감은 내가 모든 어려움을 극복할 수 있는 힘이 되어 주었다. 아무것도 가지지 못한 내가 8년간 머슴살이를 해서 모은 돈을 잃고, 그 후 1년 동안 개간하고 농사지은 땅을 또다시 잃은 후에도 바로 일어설 수 있는 힘이 바로 이것이었다. 이 힘은 부모로부터 물려받은 재산도 아니고 내가 얻어낸 것이다. 내 수중에 있는 돈이나 재산은 누군가가 빼앗아 갈 수 있지만, 이 힘은 아무도 빼앗아 갈 수 없는 것이다.

월남에 기술자로 가다

국민소득이 60달러인 가난한 나라

6·25전쟁이 끝난 지 10여 년이 지났다. 1960년대 초반 우리나라는 국민소득이 60달러로 세계 최빈국이었다. 3년여에 걸친 6·25전쟁은 수많은 목숨을 앗아갔을 뿐만 아니라 산업시설을 파괴하는 등 한국경제에 엄청난 타격을 주었다. 당시 농촌에서는 보릿고개가 있었는데, 오래 굶어서 얼굴이 붓고 누렇게 뜬 부황증에 걸린 사람들을 쉽게 볼 수 있었다. 그리고 도시는 농촌을 떠나 일자리를 찾아 올라온 실업자들로 넘쳐났다.

고모부에게서 건설 설비업 하청을 받아서 일했지만 돈벌이는 되지 않았다. 하청의 하청인지라, 수중에 떨어지는 돈이 거의 없었다. 내가 일한 만큼의 인건비를 건지지 못할 때가 더 많았다. 곧 서른을 앞두고 있었지만, 집 한 칸도 모아놓은 돈도 없었다. 결혼 적령기를 지나고 있는지라 주변에서 결혼 이야기를 꺼냈지만, 아무것도 없는 나로서는 남의 일처럼 느껴졌다. 돈벌이가 안 되는 일만 하면서 세월을 보내는 형편이라 하루하루가 초조했다. 조급증이 났다.

그러는 때에 이북 고향에서 내려온 이병식 씨로부터 가천에서 농사를 짓는 게 어떻겠냐는 권유를 받았다. 이병식 씨는 후일 부총리가 된 이한빈 씨와 친척 되는 이다. 그 사람의 농장이 가천에 있었는데, 쌀 열 섬을 세로 주고 논 이천 평을 벌어먹으라고 했다. 또한 주변에 자기네 야산이 있는데, 이것을 개간해서 밭농사를 지어도 좋다고 했다. 따로 세는 받지 않겠다고 했다. 그동안 언양에서 머슴살이를 8년간 하고 만 평의 야산을 개간한 경험이 있는 나로서는 반가운 제안이었다. 논농사를 하고 산을 개간해서 밭농사까지 짓는다면 몇 년 안에 경제적으로 자립할 수 있을 것이라는 생각이 들었다. 바로 가천으로 옮겨서 농사일을 시작했다. 가천은 논농사보다 밭농사로 소득을 올리는 지역이었다. 서울과 인접한 곳이라 판로가 좋았다. 농사만 잘 지으면 돈벌이는 할 수 있겠다 싶었다. 이웃에 사는 분들에게 도움을 구해서 고추 등을 하우스 재배했다. 그리고 야산을 개간해서 여러 농작물을 심었다. 숨 돌릴 틈도 없이 바쁜 날들이었다. 지난날의 경험이 있어서 힘이 크게 들지는 않았다. 농사일은 그 결실을 얻기까지 일정한 시간이 필요하다. 그런데 그동안 헛되이 세월만 보냈다는 생각에 조급해진 나로서는 결실을 기다리는 시간이 답답했다.

그때 베트남전이 벌어지고 있었다. 미국의 요청으로 우리나라는 1964년 9월 비전투요원을 파견한 것을 시작으로 베트남에 전투 병력을 파병했다. 이어 노무자와 기술자도 파견되었다. 전쟁터라는 위험 부담이 있어서 파월 기술자는 월급이 많았다. 그때문에 파월 기술자는 사람들이 선망하는 직업이었다. 노동청 직원이 뇌물을 받고 파월 기술자를 선발해서 적발되기도 했다. 파월 건설 기술자 모집을 보니, 보수가 375달러였다. 당시 공무원 한 달 봉급의 열 배가 넘는 돈이었다. 결혼하고 가정을 이룰 나이에 경제적으로 갖춘 것이 하나도 없다는 초조함에 파월 건설 기술자 모집에 응했다. 나만 이리 생각한 것이 아니었다. 가난에 허덕이는 많은 사람이 나와 같은 생각을 했다. 목숨을 잃을 위험이 있는 전쟁터보다 가난이 더 끔찍한 재앙이었던 시대였다. 이처럼 목숨을 잃을 수도 있는 위험을 감수하고 가난에서 탈출하려는 사람들이 월남전에 파병되는 병력으로, 기술자로 지원했다.

파월 기술자로 선발되다

고모부의 동생과 함께 파월 기술자를 선발하는 시험장에 갔다. 미국인 면접관이 지원자들에게 영어로 질문을 던졌다. 후회 막심이었다. 군대에서 영어를 가르쳐주겠다는 것을 거절했던 일도, 통일이 되면 그때 고향에 가서 공부를 계속하겠다며 배움을 미룬 일도 후회가 되었다. 무엇이든지 배워 두면 어느 때건 쓸모가 있는 것을 내 어리석음을 탓해 봤자, 이미 때는 늦었다. 미국인 면접관이 영어로 내게 질문을 던졌다. 무슨 말인지 알 수가 없었다. 달리 방법이 없었다.

"영어는 못 하지만 일은 열심히 할 수 있습니다!"

큰소리로 외쳤다.

"기술은 좋습니다. 시키는 대로 잘할 수 있습니다."

다시 한 번 목청을 높여서 말했다. 통역관이 미국인 면접관에게 내 말을 전달해 주었다. 놀랍게도 결과는 합격이었다. 근데 함께 간 고모부의 동생은 떨어졌다. 사실 고모부의 동생과 내가 파월 기술자에 지원한다고 할 때, 다들 둘 중에서 한 사람만 합격한다면 당연 고모부의 동생일 거라고 생각했다. 고모부의 동생은 일제강점기 때 노량진에 있는 동양공고를 나온 인재였다. 함경도에서 서울로 유학 간 셈이다. 이북에서 선생 일을 하다가 전쟁통에 내려와서 고모부 밑에서 7, 8년 일을 했으니, 나름대로 기술도 보유하고 있었다. 그런데 예상과 달리 고모부의 동생은 떨어지고, 내가 붙은 것이었다.

나보다 기술이 뛰어나고 영어를 잘하는 사람들이 떨어졌다. 다른 사람들과 비교해서 영어도 못 하고 기술도 떨어지는 내가 합격하게 된 것은 시험장에서 내가 보여준 자신감과 패기 때문이 아니었을까 싶다. 그동안 돈벌이는 되지 않았지만, 기술을 습득한 덕분에 시험에 합격한 것이기도 했다. 높은 경쟁률을 뚫고 기술자로 선발된 것에 나는 고무되어서, 내가 갈 곳이 전쟁터라는 사실을 잊고 있었다. 한편, 고모부는 시험에 떨어진 동생에게 화를 많이 냈다.

목숨과 바꾼 월남행

월남으로 가기 전 소양교육을 몇 차례 받았다. 비행기에 있는 비누나 화장지 등 그 어떤 것이라도 가져가면 안 된다는 것부터 월남에 가서 회사 생활을 어떻게 해야 하는지, 그리고 돈을 벌어서 어떻게 쓰고 저축할지 등이 교육 내용이었다. 지금도 기억에 남는 내용은 아내에게 신발 한 켤레도 사주지 말라는 것이었다. 신발을 사주면 거기에 맞는 옷을 사달라고 할 것이고, 좋은 옷을 입게 되면 남에게 자랑하고 싶어 나들이를 하게 된다는 것이다. 이것이 돈을 낭비하는 지름길이라고 했다. 전쟁을 하는 위험한 나라로 돈을 벌러 가는 것이니 낭비하지 않게 철저하게 단속을 하라고 했다. 가천에서 농작물을 심고 하우스를 지어놓는 등 밑천을 들인 것이 아까워서 동생에게 넘겨줬다.

김포 비행장에서 비행기를 타고 월남으로 출발하는 날이 왔다. 1960년대에 비행기를 타고 외국에 기술자로 간다는 것은 상상도 못 할 일이었다. 김포 비행장에 고모부와 고모, 동생들, 고종사촌들이 나를 환송하려고 나왔다. 비행장은 파월 기술자들의 가족들로 붐비었다. 여기저기서 손수건으로 눈물을 훔치거나 훌쩍이는 모습이 눈에 들어왔다. 고모와 여동생들도 눈물이 글썽했다. 그제야 내가 먼 타국으로, 더욱이 전쟁이 벌어지는 사지로 떠난다는 것이 실감 났다.

"6·25전쟁 때도 멀쩡히 살았는데, 아무 걱정 마십시오."

가족들을 안심시키며 비행기에 올라탔다. 1964년 3월의 일이다.

나는 6·25전쟁 때 3년간 군속으로 전쟁터 한가운데에 있었다. 눈앞에서 사람이 죽어가는 모습을 보는 것은 정말 끔찍하고 무서운 일이다. 나도 저리 죽을까 봐 매 순간 무서웠다. 죽음에 대한 두려움과 공포는 매번 생생하게 엄습해 왔다. 절대로 익숙해질 수 없는 것이었다. 전장의 공포를 누구보다 잘 아는 내가 월남행을 선택한 것은, 나이는 먹고 아무것도 이룩해 놓은 것이 없는 현실을 타개할 수 있는 방도가 달리 없었기 때문이다. 당시 군인이 되어 혹은 나처럼 기술자가 되어 월남행을 선택한 사람들도 아마 나와 같은 심사였을 것이다. 목숨을 잃을 수도 있는 전쟁터에 가겠다는 것은 그만큼 그들이 처한 현실이 절박하기 때문이다. 목숨을 돈하고 바꾼 것이다.

생명보험에 들었는데, 보험료로 책정된 돈이 2만 달러이었다. 만약 내가 죽으면 남동생에게 보험금을 주라고 했다. 또한 제일은행으로 매달 내가 송금하게 될 돈도 내가 죽으면 남동생한테 주라는 유언장에 사인했다. 그러기 전까지는 아무도 손을 못 대게 하고서 도장은 내가 가지고 월남으로 갔다.

첫 월급을 받은 기쁨

한국에서는 이른 봄이었는데 여섯 시간 만에 내린 월남은 30도가 넘는 무더운 날씨였다. 천막에서 기거했다. 내가 일하게 된 건설회사는 RMK였는데, 미국에서도 규모가 큰 회사라고 했다.

베트남 수도인 사이공에 있는 비행장 근처에 군인들이 머물 숙소를 건설하는 일이었다. 그중에서도 건물 내에 세면기나 양변기, 하수도 시설 등을 설비하는 것이 내가 하는 일이었다. 미 1사단 사령부 내 건축물 등을 새로 짓거나 수리하는 것을 전담하는 부서인 영선과 소속이었다. 한국인 기술자들이 책임자가 되어 월남 사람들을 데리고 일했다. 작업반장인 셈이었다.

뜨거운 햇빛 아래 일하는 것은 쉽지 않았지만, 하루 8시간 노동이라 크게 고되지는 않았다. 열대 지역인 월남은 한두 달만 건기이고 나머지는 우기다. 우리나라 여름 기온보다 3, 4도가량 높은 날씨가 지속되었다. 함께 일하는 많은 사람들이 더위에 힘들어했다. 북쪽 지방 출신인 나 또한 더위를 견디는 것이 쉽지 않았다. 그런데도 그 사람들보다 내가 더위를 잘 견딜 수 있었던 것은 한국에서 고된 육체노동으로 몸이 단련된 것도 있었겠지만, 갈증이 날 때 물만 고집스럽게 먹었기 때문이다. 그런데 그 사람들은 물 대신 콜라나 사이다를 사먹었다. 탄산음료를 마시면 당장은 갈증이 해소되지만, 더 심한 갈증에 시달리게 된다. 당장 입에 단 것이 몸에 좋은 것은 아니다. 현장에는 소금 그릇이 비치되어 있었다. 땀을 흘리며 일하는 중간중간 소금을 집어먹었다. 그렇게 땀 흘리며 일하는 하루하루가 지나 첫 월급을 받는 날이 되었다. 375달러를 출금해서 제일은행 통장으로 송금했을 때의 기쁨이라니! 행복했다.

졸지에 일자리를 잃고

더위 속에 일하는 것도 점차 시간이 흐르자 적응이 되었다. 무더위 속에서도 작업은 빠르게 진행되어 5개월 만에 일을 마쳤다. 그런데 회사 상황이 바뀌어 다음 작업으로 이어지지 않았다. 졸지에 일자리가 없어진 것이었다. 이러한 상황에서 회사가 제시한 것은 두 가지였다. 첫 번째는 귀국이었고 두 번째는 다른 회사를 소개해 주는 것이었다. 내가 선택한 것은 두 번째였다. 소개받은 회사는 P&E였다. 다행히 그곳에서 일하게 되었다. 그 회사는 미 1사단 사령부 영내에서 에너지를 생산하는 일을 하고 있었다. 발전기 2대를 교대로 돌려서 전기를 생산하여 군부대에 송전하고 있었다. 생전 처음 해 보는 일이었다. 기계가 어떻게 작동되는지에 대한 설명을 들었다. 설명 들은 대로 기계를 작동시키면 되는 일이었다. 보조원으로 월남 사람 한 명을 두고서 일했다. 기계가 고장 없이 작동되도록 하는 것이 중요했다. 그러기 위해서는 연료가 떨어지기 전에 채워주며 엔진오일은 제때 갈아주고 히터 세척을 잘해 주면 되었다. 땀을 흘리며 노동하는 것보다는 훨씬 수월한 일이었다.

근무지가 푸빙이라는 지역이었는데, 사이공에서 북쪽으로 100여 ㎞ 떨어진 곳이었다. 한국에서 온 기술자들이 기술 업무를 담당했다. 거기서 나는 반장이라는 직책을 맡아서 일했다. 군부대 내 모든 시설에 출입할 수 있었는데, 이는 장교들에게만 허락된 권한이었다. 군에서의 직급으로 치면 소령급의 권한이었다. 이러한 권한을 내게 준 것은 미군 입장에서는 부대 내 전쟁을 수행하는 모든 시설물을 안심하고 맡길 수 있는 사람이 필요했기 때문이라 여겨진다. 그 때문에 일하는 동안 최상의 대우를 받았다.

RMK 회사에서는 보수가 375달러이었는데 P&E 회사에서는 750달러를 준다고 했다. 그런데 나는 이곳에서 매달 1,200달러를 받았다. 하루 12시간 일했기 때문이다. 또한 이처럼 큰 보수를 받을 수 있었던 것은 토요일이나 일요일, 국경일에 상관없이 언제든지 일해야 했기 때문이기도 했다. 영어를 한마디도 하지 못한 채 미국 회사에 들어가서 상상도 못 할 만큼의 액수를 월급으로 받게 된 것이다. 모든 것이 꿈만 같았다.

우리나라 사원들끼리 민가에 세를 얻어서 함께 생활했다. 그러는 데에 월 50달러가 들었다. 그 외 다른 잡비로 들어가는 50달러까지 해서 100달러를 남겨놓고 모두 송금했다. 매달 천 달러 넘게 송금한 것이다. 당시 천 달러면 우리나라 공무원들 1년 치 연봉보다 많은 돈이었다. 전쟁 중인 나라에 와서 부상을 입는 일 없이 이토록 많은 돈을 벌 수 있다는 것이 도무지 믿기지 않았다. 한국에서 온 다른 동료들은 8시간 근무를 했기 때문에 750달러를 받았다. 그런데 그들 대부분이 나보다 공부를 훨씬 많이 한 사람들이었다. 그동안 고생한 것이 이제 복으로 돌아오는 건가 싶었다. 그러는 와중에 작은 소동도 있었다. 여기서는 도장이 아니라 사인으로 결재했는데, 처음에 했던 사인과 나중에 했던 사인이 달라서 의심을 받았다. 그래서 다시 확인하는 과정을 거치는 일도 있었다.

월남에서 누린 최상급의 생활

우리나라가 일제의 식민지였던 것처럼 베트남도 오랫동안 프랑스의 식민지였다. 그래서 프랑스 식으로 지어진 건물들을 많이 볼 수 있었다. 사이공 변두리에서 머물 때 프랑스인들이 지어놓은 집에서 몇 달을 지냈다. 그 집의 안뜰에는 잘 지어진 수영장이 있었다. 수영장 주변에는 화려한 꽃들로 조경되어 있었다. 밤에 일하고 낮에 쉴 때면 혼자서 수영장을 독차지하곤 했다.

수영장의 이쪽 끝에서 저쪽 끝까지 몇 번을 헤엄치고 난 후, 물 위에 가만히 누워 있을 때면 몸에 닿은 시원한 물의 감촉이 좋았다. 열대의 뜨거운 태양도 물속에서는 따뜻했다. 하늘은 구름 한 점 없이 푸르렀고 꽃향기가 코끝을 스쳐 갔다. 여기가 천국이구나 싶었다. 이곳이 전쟁터라는 것도, 전쟁터에 돈을 벌려고 온 가난한 내 처지도 생각나지 않았다. 마치 귀족이라도 된 듯한 기분이었다.

단지 수영장에서 누리는 호사만 있었던 것은 아니다. 기기가 고장이 나면 부속품 때문에 시내로 출장을 가야 했다. 육로는 월맹군이 있어서 위험하니까 대개는 공중으로 이동했다. 그럴 때면 미군 장교가 헬기를 타고 나를 데리러 왔다. 가끔은 일 관련 말고도 헬기를 타고 사이공 시내로 놀러 가기도 했다. 한국에서 가장 밑바닥 생활을 했던 내가 베트남에서는 최상의 생활을 누린 것이다. 그동안 고달팠던 내 삶에 대한 보상과 위로처럼 느껴졌다.

그리고 일요일마다 내가 누린 사치가 있었으니, 그것은 시내 커피점에서 사 마시는 커피 한 잔이었다. 베트남에서 처음으로 커피를 접하게 되었다. 부대에서는 커피가 흔했다. 그런데 시내 커피점에서 우연히 동료들과 커피를 사 마시게 되었는데, 부대에서 먹는 커피보다 맛이 진하고 좋았다. 그래서 일요일이면 커피점에 가서 커피 한 잔 마시는 시간을 즐기게 되었다. 혼자 가기도 했고 동료들과 함께하기도 했다. 한국에 있을 때는 상상할 수 없는 일이었다. 호젓한 그 시간이 참 좋았다.

베트남과 그곳 사람들

베트남도 우리나라처럼 강대국의 침공을 많이 겪은 나라다. 그런 와중에 자신들의 언어와 문화를 유지하며 나라를 지켜낸 것은 정말 칭송받을 만하다. 훗날 국경 분쟁으로 중국과 싸울 때 대국인 중국을 물리친 것을 보면 국민들의 저력이 대단한 나라다. 베트남 사람들 대부분은 농사를 지으며 살아가고 있었다. 오랫동안 지속된 전쟁 때문에 가난했는데, 사람들은 욕심 없이 자족하며 살아가는 것처럼 보였다.

'이 나라는 최악의 상황이 된다고 해도 속옷 두 개만 있으면 살 수 있겠구나.' 싶었다. 난방도 필요 없고, 나무 열매도 흔하니 말이다. 반면, 우리나라는 최악의 상황에서는 생존이 어렵다. 겨울에는 난방하지 않으면 얼어 죽을 테니 말이다. 그런데 아무리

돈을 많이 준다고 해도 이곳에서 살고 싶지는 않았다. 더위 속에서도 가끔 조깅하는 미군을 볼 수 있었는데, 운동을 좋아하는 나로서도 몸을 움직일 엄두가 나지 않았다. 새삼 사계절이 뚜렷한 우리나라가 정말 살기 좋은 곳이구나 하는 생각이 들었다. 외국에 나가면 다 애국자가 된다고 하는데, 나도 그랬다.

부대 내에는 베트남 민간인들이 많이 일하였다. 행정 업무를 보는 사람들도 있었고 부대 내 환경 관리를 하는 사람들도 있었다. 환경 관리라는 게 부대 내를 돌아다니면서 떨어진 담배꽁초나 휴지를 줍는 것이었다. 그처럼 수월해 보이는 일을 하루 8시간씩 하고 월급을 받아가는 베트남 사람들을 보니, 이들보다 수십 배 고된 노동을 해가며 돈을 버는 우리나라 사람들의 처지가 떠오르지 않을 수 없었다.

어느 날 그중의 한 사람에게 말을 건넸다. "담배꽁초 몇 개 줍는 일을 시키고 돈을 주는 미국에 고마운 마음이 들지 않습니까?" 그랬더니 "지금까지 어머니 배 속에서 태어나 40년을 사는 동안 미국의 도움 없이 살아왔습니다." 하고 당당한 어조로 말하는 것이 아닌가. 그 말을 듣고 '월남 사람들은 미국의 지원을 바라지 않는구나. 미국의 지원을 바라는 것은 위정자들뿐이구나. 국민이 바라는 것은 통일이구나.' 하는 생각이 들었다.

함께 근무하는 베트남 사람에게 친절히 대하고 부대에서 나오는 보급품을 주었더니, 나를 잘 따랐다. 휴일에 자기 집에 자주 초대해서는 음식을 대접해 주었다. 가족들도 모두 친절했다.

지금 돌이켜 생각하면, 이처럼 민가에 자주 간 것이 실은 굉장히 위험한 행동이었구나 싶다. 월남전은 따로 전선이 있지 않은 게릴라전이어서 월맹군들은 아무 데서나 튀어나왔다. 그리고 이에 대해 월남인들은 협조하거나 방관했다. 난 군인은 아니지만, 미군 부대에서 일하고 있어서 월맹군들에게는 적이었다. 그런데 영내를 벗어나 베트남인들이 사는 마을에 자주 드나든 것은 죽음을 자초하는 행동이었다.

이런 내 무모한 행동 때문에 한번은 가슴을 쓸어내린 적도 있다. 푸빙 시내는 전쟁하는 나라 같지 않게 상권이 잘 형성되어 있었다. 그래서 가끔 시내로 나들이를 가기도 했는데, 월맹군들이 갑자기 출몰한 것이다. 인근 현지인의 집에 얼른 몸을 숨겼다. 여기저기서 적군을 찾아다니는 월맹군들의 발소리가 들려왔다. 심장이 쿵쿵거렸다. 현지인이 월맹군에게 내가 숨어 있는 곳을 말한다면, 그대로 총살감이다. 민간인들 중에는 월맹군들과 내통하는 사람들이 많았다. 시간이 더디게 흘러갔다. 월맹군들이 퇴각하는 소리가 들렸다. 들키지 않은 것이다. 더 정확하게는 현지인이 밀고하지 않은 것이다. 베트남 사람들을 함부로 대하거나 인색하게 굴지 않았기 때문일 것이다. 감사한 일이다.

미국에 대해 달리 생각하게 되다

나는 북한에서 중학교 2학년까지 교육을 받았다. 그러는 동안 '절대 원수 미제국주의'라는 말을 참 많이 들었다. 그런데 베트남에 와서 미군들과 생활하면서 미국을 달리 보게 되었다.

국기 게양식을 할 때면 모든 군인들이 움직임을 멈추고 차렷 자세로 경례했다. 그 누구 하나 흐트러짐이 없었다. 나중에 한국에 돌아와서 일본이 진주만 공격하는 것을 소재로 한 영화 〈도라 도라 도라〉를 본 적이 있다. 영화에서 국기 게양식을 하는데 일본군 비행기가 갑자기 나타나 총탄을 퍼붓는다. 그런데도 모두 부동자세로 국기에 대한 경례를 하는 장면이 있었다. 베트남에서 내가 본 모습 그대로였다. 미군들의 국가관이 얼마나 철저한가를 보게 된 것이다.

또한 미군들은 평소 무질서해 보이지만 군법을 지키는 데에는 철두철미했다. 잘못을 저지르면 땅을 파는 중노동을 벌로 받기도 하는데, 그때 감독하는 사람이 없어도 농땡이 피우지 않고 묵묵히 땅을 파는 모습에 놀랐다. 군법뿐만 아니라 교통법규를 지키는 정신도 투철했다. 차량을 운전할 때 사방이 다 보이는 사거리에서 다른 차량이 보이지 않는데도 일단 정차를 하고 출발했다.

미국은 제2차 세계대전에서 독일, 이탈리아, 일본 등을 항복시켜서 세계 해방을 이루었다. 그리고 전승국인데도 다른 나라를 식민지로 삼지 않았다. 6·25전쟁이 일어났을 때는 주도적으로 유엔군을 결성하여 우리나라를 구해주었다. 베트남전에서는 많은 돈과 인명 손실을 감수하면서 전쟁을 수행했다. 미군들과 생활하면서 이북에 있을 때 제국주의 세력이라고 비난했던 모습을 찾아볼 수가 없었다. 오히려 그들의 철저한 국가관과 준법정신은 우리가 본받을 만큼 돋보였다.

귀국을 결심하다

전세는 미국에 불리하게 돌아가고 있었다. 베트남도 우리나라 처럼 남북으로 나뉘어 이념 전쟁을 하고 있었는데, 월남 사람들은 월맹군들에게 우호적인 편이었다. 그 때문에 미국이 포탄을 퍼부어도 전쟁에서 이길 수 있을 것 같지 않았다. 상대적으로 안전한 곳인 영내에서 일하기는 했지만, 전쟁을 벌이고 있는 곳이라 공포와 불안에서 자유로울 수가 없었다. 실제로 월맹군의 기습 공격을 몇 차례 겪기도 했다. 그러고도 부상을 당하거나 목숨을 잃지 않았으니, 운이 좋았다.

이제 한국으로 돌아가야겠다고 생각했다. 3년 가까이 월남에 있는 동안 나는 한 번도 한국에 나가지 않았다. 내 사업을 할 수 있을 만큼의 돈을 모으고 싶었다. 그때 내가 받았던 한 달 치 월급은 우리나라에서 집 한 채를 살 수 있는 정도의 돈이었다. 그런데 한국에 휴가를 다녀온 사람들이 한국의 물가가 엄청 오른다고 했다. 계속 물가가 오른다면 가치가 없겠다 싶어서 1968년도에 회사에 사표를 냈다. 동료들이 이렇게 돈을 많이 버는 일자리를 왜 그만두냐며 만류했다. 그동안 송금한 돈이 2만 달러가량 되었다. 6·25전쟁으로 폐허가 된 우리나라는 가난했고 그중에서도 나는 더욱 가난했다. 한국에 있을 때 '아, 백만 원만 있으면!' 했다. 그런데 베트남에 와서 2만 달러를 저축했다. 그 돈이면 모든 것을 다 이루어낼 수 있을 것 같았다. 이 정도이면 사업을 할 자금은 마련되었다고 생각했다.

그때 동료 중에는 한국으로 돌아가지 않고 다른 나라를 선택한 이들도 있었다. 예금을 오천 달러만 가지고 있으면 잘사는 나라에서 받아줬기 때문이다. 가난한 한국으로 돌아가 고생스럽게 살지 않겠다는 것이었다. 그런데 나는 고생을 한다고 해도 우리나라로 돌아가고 싶었다. 고국의 산천이 그리웠다. 귀국해서 그동안 번 돈으로 집도 사고 사업도 해야겠다는 생각일 뿐, 구체적인 계획은 없었다. 곧 재벌이 될 것이라는 기대감에 부풀었다.

귀국 날짜가 정해져 귀국을 준비하던 중, 회사 쪽에 한 달 더 일하겠다고 했다. 생각해 보니 3년 동안 돈 모을 생각에 돈을 제대로 써본 적이 없었다. 그래서 한 달 동안 일해서 번 돈은 몽땅 쓰겠다고 맘먹었다. TV와 시계도 사고 한국에서 나를 맞이해 줄 가족들 선물도 샀다. 그리고 아직 누군지는 알 수 없지만 나와 결혼하게 될 미래의 아내에게 줄 반지도 샀다.

마침내 한국으로 돌아가는 비행기에 올라탔다. 비행기가 이륙했을 때, '아, 살았구나.' 하는 안도감이 들었다. 공항에 도착하니 가족들이 반가이 맞아주었다.

월남전 특수

한국은 월남전에 32만 명에 달하는 군인들을 파병했는데, 이는 미군 다음으로 많은 병력을 파병한 것이었다. 또한 노무자나 기술자 등 민간인 1만6천 명이 월남에 파견되었다. 파월 기술자들은 300달러에서 800달러 정도의 월급을 받았는데, 월급의 70% 이상을 국내로 송금했다. 월남에 파병된 장병들과 기술자들이 국내로 송금한 돈은 6억 달러가 넘었다. 1965년도에 우리나라 수출총액이 1억7천5백만 달러 정도인 것을 생각하면, 이는 엄청난 규모다. 이러한 월남전 특수는 외화획득의 밑거름이 되었다. 이것은 독일의 탄광에 간 광부나 간호사가 외화를 벌어 나라를 잘살게 한 공과 같다. 내가 2만 달러의 외화를 벌어온 것은 한국경제의 발전에 이바지한 측면이 있다.

우리나라는 월남전 참전을 통해 미국으로부터 장기 차관 등 경제적 지원을 받고 외화벌이를 하는 등 월남전 특수를 얻었다. 하지만 국군 5천여 명이 전사하고, 1만1천여 명이 부상당하는 등 많은 젊은이가 월남전에서 희생되었다. 그리고 생존자들도 고엽제 피해와 같은 후유증에 시달려야 했다.

가정을 꾸리다

내 땅을 갖게 되다

한국에 돌아와서 언양부터 찾았다. 금의환향하는 심정이라고
나 할까. 물론 비단옷을 입은 것도 아니었고 고향도 아니었지만,
언양은 이남에 내려와 내가 처음으로 자리를 잡은 곳이었다. 그
리고 8년여의 머슴살이와 1년간 개간을 했지만 모든 것을 잃어
야 했던, 내 피땀과 서러움이 배어 있는 곳으로, 내게는 고향만
큼이나 각별한 곳이었다. 6년 전, 빈손으로 언양을 떠나야 했던
나는 이제 땅을 사기 위해 이곳을 찾았다. 감회가 새로웠다. 어
쩌면 머슴으로만 나를 아는 사람들에게 성공한 내 모습을 보여
주고 싶었는지도 모르겠다.

사촌 여동생과 함께 내가 개간했던 반구대 옆의 땅을 찾았다.
땅을 산다면 내가 직접 개간한 땅을 사고 싶었다. 그곳에 가 보
니, 콩과 고구마 등이 심겨 있었다. 예전에 그곳이 산이었다고 누

가 상상할 수 있으랴! 새삼 마음이 뜨거워졌다.

월남에서 벌어온 돈은 사업자금으로 쓸 예정이었지만, 그중 일부로 땅을 살 생각을 하게 된 것은 언양에서 일하면서 알게 된, 땅이 갖는 가치 때문이다. 내게 땅은 투기대상이 아니었다. 당시에는 집값이 계속 오를 때라 돈 있는 사람들은 투기를 목적으로 주택을 여러 채 사고 있을 때다. 하지만 나는 주택 대신 농사지을 땅을 샀다. 머슴살이와 개간을 하면서 땅을 일구는 동안, 땅이 얼마나 정직한 존재인가를 알게 되었다. 볍씨 하나가, 감자 한 쪽이 수십, 수백 개의 열매로 돌아오는 놀라운 모습을 봤다. 일하면서 땅이 만드는 기적을 체험하게 된 것이다. 물론 그러기 위해서는 사람의 노동이 필요하다. 난 더 이상 노동이 두려운 열여덟 살이 아니다. 몸을 움직이는 만큼 땅이 그만큼 돌려준다는 것을 알기에 땅을 사는 데 주저함이 없었다. 아쉽게도 내가 개간했던 땅은 살 수가 없어서 다른 곳에 있는 땅을 사게 되었다. 만 평의 야산을 32만 원의 돈을 주고 샀다. 32만 원은 내가 월남에서 일할 때 한 달 치 월급에 해당하는 돈이었다. 그때 샀던 땅이 지금 내가 살고 있는 곳이다.

무참히 끝난 두 번의 연정

월남에서 돌아오고 나서 바로 결혼했다. 결혼할 때 내 나이가 33살이었으니 당시로는 좀 늦은 나이였다. 후기는 늦어지만, 편생을 함께하게 된 좋은 반려자를 만났다. 아내를 만나 결혼한 이야기를 하기 전에 내 연애사(?)를 먼저 고백하려고 한다. 사실 연애사라고 할 것도 없지만. 아내를 만나 결혼하기 전까지 연애를 해본 적이 없었으니 말이다. 허우대도 생김새도 멀쩡한 사내가 그 나이 되도록 연애 경험이 전혀 없다는 것이 부자연스럽게 보일 수도 있겠지만, 그렇게 된 데에는 그럴만한 사연이 있었다. 젊은 남자가 여자에게 연심을 품는 것은 극히 자연스러운 일이다. 나 또한 그랬다.

병원 집에서 머슴살이하는 동안 이웃집에 사는 예쁘장하게 생긴 처녀에게 마음이 갔다. 그런데 부끄럼이 많은 성격이라 말을 못했다. 그렇게 2년, 3년이 지났다. 그러는 동안 그 처녀를 생각하는 마음은 더욱 무르익어 갔다. 일하러 오갈 때 그 처녀를 볼 수 있을까 싶어 그 집 담장 너머를 몇 번이나 흘깃거렸는지. 용기를 내어 편지를 썼다. 오랫동안 좋아했다고, 사귀자는 편지를 썼다. 그런데 답장 대신 처녀의 동생이 찾아왔다.

"지금 우리 누나한테 중매도 들어오고 있는데, 다시는 이런 편지 보내지 마라."

혹시라도 동네에 이상한 말이 돌아서 자기 누나의 혼삿길에 지장이 생길까 봐 걱정하는 말이었지만, 그 말을 듣는 나는 참담했다. 당사자한테 직접 거절의 말을 들었다면 그리도 부끄럽고 참담하지는 않았을 것이다. 머슴살이하는 내 처지가 새삼 서러웠다. 내 첫 번째 연정은 이렇게 무참하게 끝이 났다.

시간이 지나 다시 누군가를 마음에 품게 되었다. 병원 집 원장 부인의 조카가 방학이라고 와 있었다. 이름이 곽은주였는데, 원장 부인의 언니 딸로 경복여고를 다니고 있었다. 쾌활하고 예쁜 여학생이었다. 일을 마치고 저녁에는 병원에 가서 병원 일을 도와줬다. 약봉지 싸는 일 등을 함께했다. 낮 동안 일한 피곤함이 여학생과 함께 있는 동안 모두 씻겨 나가는 듯했다. 방학이 곧 끝나가고 있었다. 여학생이 대구에 있는 집으로 돌아갈 날이 점점 가까워지고 있었다. 용기를 내서 편지를 썼다. 그리고 여학생이 집으로 떠나는 날, 편지를 건네주었다.

여학생이 떠나고 보름쯤 지나 답장이 왔다. 여학생의 엄마가 병원 집 원장 부인인 동생에게 보내온 편지였다. '거기서 일하는 얘가 은주에게 편지를 썼는데, 앞으로는 편지질하지 못하게 잘 다독여라.'라는 내용이었다. 그 전언을 내게 전해 준 것은 원장 부인이 아니었다. 병원에서 일하는 간호보조사를 통해 내게 이런 내용을 전했다. 얼굴이 홧홧 달아올랐다. 편지가 왔으면 나한테 직접 말할 일이지, 다른 사람을 통해서 전할 것은 무엇인가. 창피해 죽을 것 같았다.

이북에 있을 때는 공부도 잘하고 리더십도 있어서 친구들이나 선생님들한테서 늘 인정을 받았다. 나중에 어른이 되면 부수상이 되겠다는, 그런 포부를 가지고 살았었는데, 여기에 와서 이런 꼴로 수모와 창피를 당하니 참담하기 그지없었다. 머슴살이하고 있었으니, 다른 사람 눈에는 얼마나 하찮게 보였을 것인가. 이렇게 남한테 모자란 사람 취급을 받으니, 서럽고 서러웠다. 이남에 내려오지 않았으면 이런 꼴은 안 당했을 텐데 하는 서러움이 밀려들었다. 이렇게 두 번에 걸친 내 연심은 무참한 결과로 끝이 났다. 연애도 허용되지 않는 비참한 생활이었다.

돌아가신 어머니가 맺어준 인연

월남에서 돌아와 언양에 내려왔을 때다. 내가 개간했던 땅을 돌아보고 나서 개간할 때 가끔 신세를 졌던 근처 인가를 찾아가 감사 인사를 드리고 와서 숙소에 와서 쉬었다. 다음 날, 누가 날 찾아왔다. 혼처 자리가 있는데 결혼할 의향이 있는지를 물어왔다. 월남에 다녀오느라 혼기가 늦어진 편이라 결혼을 생각하고는 있었지만, 언양에서 혼처가 들어올 거라고는 생각지 못했다.

내게 들어온 혼처는 놀랍게도 어제 개간할 때 신세 진 것이 있어서 인사를 드리고 왔던 곳이었다. 나중에 처가가 된 그 집은 경주 최씨 집안으로 이 지역에서는 선비 집안으로 알려져 있었고 잘살았다. 그런 집안에서 나를 사위로 맞아들이고 싶어 한다는 게 믿기지 않았다. 혼인이라는 것이 집안끼리의 결합으로 서로 격이 비슷한 집안끼리 이루어지는 법이다. 더구나 연애결혼도 아니고 중매결혼이면 더더욱 그럴 수밖에 없었다.

그런데 이북에서 어찌 살았든 언양에서 나라는 사람은 의지가 지없는 머슴이었을 뿐이었다. 게다가 신붓감은 울산여고를 졸업한 재원이었다. 그 당시 여자를 고등학교까지 보내는 경우는 드물었다. 아마도 여자로서는 언양에서 유일하게 고등학교를 졸업했을 것이다. 나한테는 정말 과분한 혼처 자리였다. 한쪽이 너무 기운 혼사라 주변에서는 장인 장모에게 어떻게 그런 데에 딸을 시집보내나 하고 백이면 백 사람이 다 나무랐다고 한다. 그런데도 처가 어른들은 뜻을 굽히지 않았다. 나중에서야 내게 이처럼 과분한 혼처 자리가 들어오게 연유를 알게 되었다.

산중에서 오두막을 짓고 개간하면서 홀로 지낼 때 어머니 제사를 지냈다. 그때 제사에 필요한 물품을 장에 가면 사달라고 처가에 가서 부탁드린 일이 있었다. 처가 어른들께서 이런 나를 남달리 보셨던 모양이었다. 아무것도 없는 사람이 개간하면서 조상들께 예를 지내는 모습이 좋아 보였던 것이다. 그러니까 내가 결혼하게 된 것은 돌아가신 어머니 덕이라고 할 수 있다.

개간할 때 아내가 살던 집이 멀지 않은 곳에 있었지만, 아내를 봤던 기억은 별로 없다. 한두 번 정도 봤을까 싶다. 게다가 당시 아내가 어리고 해서 달리 기억에 남은 것은 없다. 정식으로 아내와 대면한 것은 결혼 전에 성남사라는 절에서 갖게 된 식사 자리에서였다. 아내와 장모, 나와 사촌 여동생이 함께 식사했다. 아내는 고운 인상이었다. 집안 좋고 인물 좋고 공부까지 많이 한 여자와 결혼한다는 게 벅찼다. 1968년 11월 29일 결혼했다. 내 나이는 33살, 아내 나이는 22살이었다.

그래서 나는 젊은 사람들, 특히 북한에서 온 젊은 사람들에게 "조상들에게 성심성의껏 제사를 지내면 좋은 일이 생긴다."고 거듭 강조한다. 내가 그 살아 있는 증거이므로.

사업 그리고 실패

철공장을 차리다

한국에 돌아와 바로 결혼도 하고 한편으로는 사업을 하기 위한 준비에 본격적으로 들어갔다. 그때가 현대자동차가 생겼을 즈음이라, 자동차 제조업체에 납품하는 일을 해야겠다는 생각을 했다. 그런데 하려고 알아보니, 내 배경이나 실력으로는 힘든 일이라는 것을 알고 그 생각을 접었다. 그때 고모부가 철판을 구부리고 자르는 기계를 장만해서 철공장을 하면 돈벌이가 될 거라며 그 일을 권유하셨다. 오랫동안 사업을 하신 분의 조언이라 그대로 받아들였다. 동대문 용두동에 자동차 적재함을 주로 만드는 철공장 '을지공업사'를 차렸다. 남동생에게 영업을 담당하는 전무 자리를 주었다. 철판을 자르는 기계 등과 부품을 구매해서 공장을 차리는 데에 월남에서 벌어온 2만 달러가 다 들어갔다. 그쪽 사정을 잘 알지 못했기 때문에 기계나 부품은 고모부가 주선한 곳에서 샀다. 내가 좀더 알았더라면 가격을 흥정해서 더 싸게 구매했을 텐데 그러질 못했다.

공장을 차리는 데에 돈을 다 써버려서 막상 일을 맡아서 할 때는 재료를 구매할 비용이나 인건비가 없어서 빚을 내야만 했다. 게다가 일도 많이 들어오지 않았다. 그래서 철 관련 일은 직원들에게 맡기고, 나는 다른 잡다한 일을 맡아서 서울 시내를 돌아다니며 일했다. 용접하는 일이라든지 집 짓는 일이 들어오면, 그 일에 필요한 인부들을 따로 구해서 일했다. 몸이 열 개라도 부족할 만큼 여기저기 뛰어다니며 일했지만, 손에 들어오는 돈이 거의 없었다. 이는 원청의 횡포 때문이었다. 예를 들어, 만 원짜리 일이 있다고 하면 원청에서 4천 원은 떼먹고 6천 원만 주는 식이었다. 당장 일하는 것이 중요하다 보니, 울며 겨자 먹는 심정으로 원청의 무리한 요구를 받아들일 수밖에 없었다. 그러니 인건비를 제하고 나면 남는 게 거의 없었다.

현대건설, 풍전산업, 대림산업, 삼한기업 등 대기업 건설회사의 하청 일도 했다. 일요일도 없이 일했지만, 일할수록 돈을 버는 것이 아니라 빚만 늘어갔다. 기업들은 이윤이 많이 남는 것은 자기네들이 하고 이윤이 별로 남지 않은 일을 하청으로 줬다. 내가 현금을 마련해서 재료를 구매하고 일꾼들을 데리고 일을 끝내면, 기업에서 약속어음을 줬다. 약속어음은 대개 두세 달이 지나야 현금처럼 쓸 수 있었다. 다음 일을 하려고 해도 당장 쓸 수 있는 돈이 없었다. 은행에서 빌릴 수가 없어 사채를 쓰다 보니, 이자가 만만치 않았다. 그러다 보니 일을 할수록 빚이 점점 늘어갔다.

당장 요양을 하지 않으면 죽습니다

　견적을 내고, 서류를 검토하고, 결재하고, 현장에 가서 작업을 감독하고, 원청 사람들을 만나서 일의 진행을 보고하고… 이렇게 바삐 지내다 보면 월급날이 코앞에 와 있었다. 농부는 계절의 변화로 시간의 흐름을 느끼겠지만, 나는 한 달마다 찾아오는 월급날로 그걸 느꼈다. 직원들을 거느리고 일하다 보니 월급날이 정말 빨리 돌아온다는 것을 실감했다. 빚을 내서 월급을 줄 때가 많았다. 다들 가솔이 딸린 가장이기 때문에 직원들의 월급을 늘 제때에 주려고 했다. 겨울에는 일이 별로 없는 편이었는데, 이때 월급을 주면서 붙들고 있었던 기술자가 정작 일이 많을 때에는 돈을 더 많이 주는 곳으로 이직하는 경우가 꽤 있었다. 그럴 때면 허탈하고 속상했다.

　3년간의 전장 생활과 8년간의 머슴살이, 만 평의 임야 개간 그리고 월남 생활까지 단련될 대로 단련된 몸이었으니, 사업을 하면서 몸이 힘든 것은 아무렇지 않았다. 하지만 일할수록 점점 늘어가는 사채와 일하는 사람들과의 갈등, 현장에서 발생하는 사고 등으로 스트레스를 많이 받았다. 그래서인지 점차 식욕도 없어지고 살이 빠지기 시작했다. 옆에서 지켜보던 아내가 병원에 가보자고 하는데도 귓등으로 흘러들었다. 몸 아픈 것보다는 사채업자의 빚 독촉을 해결하는 것이 더 급한 일이었다.

　그러던 어느 날, 기침하는데 목에서 핏덩이가 나왔다. 가벼운 병이 아니구나 싶어서 이대병원에 가서 검사를 받았다. 간호사가 새로이 들여온 기계로 검사하는 것이라며 자랑하듯이 말했다.

"당장 요양을 하지 않으면 죽습니다."

의사가 내게 던진 첫마디였다. 결핵인데, 그동안 방치한 탓에 위중하다고 했다. 어렸을 때는 병약해서 어머니를 걱정시켰지만, 커서는 감기도 잘 걸리지 않을 만큼 건강 체질이었다. 그런데 결핵이라니! 쉬지 않으면 큰일 난다며 병의 심각성을 강조하는 의사의 말을 들으면서 슬슬 걱정되었다. 전염된다는데, 아내와 아이들은…? 그동안 일한다고 남편 구실도 아버지 구실도 제대로 못 하고 살았는데, 병까지 옮길까 싶어 걱정스러웠다.

몇백만 원짜리 공장이 몇십만 원에 넘어가고

의사에게서 중증의 결핵 선고를 받은 지 얼마 후에 결국 터질 것이 터지고 말았다. 아는 사람에게서 사채를 빌려다 썼는데, 이자도 못 내고 있었다. 그러자 그 사람은 우리 공장을 경매에 부치겠다고 했다. 사정해 봤지만, 소용이 없었다. 결국 공장은 경매에 부쳐지고 말았다. 몇백만 원을 들여서 차린 공장이었는데, 경매가는 10분의 1도 안 되었다. 공장의 실제 가치에도 한참 못 미치는 가격이었다. 기가 막혔다. 3년 동안 월남에서 벌어온 돈으로 마련하고 7, 8년간 내 피땀이 밴 공장이 그렇게 헐값으로 남의 손에 들어갔다. 남의 손에 들어가더라도 실제 공장가치의 2분의 1, 아니 3분의 1이라도 받았다면 그렇게 원통하지는 않았을 것이다. 돈의 문제가 아니었다. 마치 애지중지한 내 자식을 다른 사람들이 함부로 대할 때의 심정 같은 것이었다. 피눈물이 났다.

모든 것을 잃고 빈손이 된 적은 몇 번 있었다. 언양에서 8년간 머슴살이로 모았던 새경을 다 잃기도 했고, 6개월간 개간을 하고 작물을 심었던 땅을 고스란히 빼앗기기도 했다. 처음 겪는 일도 아니고, 무엇보다 이전처럼 모든 것을 다 잃은 것도 아니었는데 굉장히 힘들었다. 예전보다 나이도 먹었고, 혼자가 아니라 책임을 져야 할 가족들이 있어서 빈털터리가 된 상황이 더 힘들었는지도 모르겠다. 게다가 몸까지 성치 않아서 심약해진 탓도 있으리라.

서울 생활을 정리하다

사업에 실패하고 보니, 이남에서 끈 떨어진 연 같은 내 신세가 더욱 가긍스럽게 느껴졌다. 주변에서 사업하는 사람들이 자신들의 친척이나 고향 선후배들을 통해 일을 소개받는 것이나 어려운 문제가 생기면 그들에게 조언을 구하는 것을 종종 봤다. 부러웠다. '실향민이 아니었다면 나도 저들처럼 든든한 지원군이 있었을 텐데… 그랬더라면 시행착오를 줄일 수 있었을 텐데…' 새삼 내 처지가 서럽고 서러웠다.

공장이 다른 사람 손에 넘어간 후, 현대중공업에 근무하는 지인에게 남동생의 일자리를 부탁했다. 다행히 바로 취직이 되어서 한시름을 놓았다. 친분이 있는 현대중공업의 간부진들이 나를 도와주겠다고 했다. 그동안 옆에서 내가 일하는 모습을 지켜본 지라 나에 대한 신뢰가 있었다. 고마운 말이었지만 더는 철 관련 일을 하고 싶지 않아서 거절했다. 원청이 하청업체에 정당한 대가를 지불하지 않는 폐해가 개선되지 않는다면, 도움을 받아서 새롭게 사업을 한다고 해도 또다시 부도날 것은 뻔했기 때문이다. 성실하게 일하는 사람들에게 돌아가야 할 몫을 중간에서 가로채는 파렴치한이 사회에 적지 않았다.

모든 것을 잃은 내게 유일하게 남은 것은 언양에 사놓은 야산이었다. 물론 그것도 빚 담보로 잡혀 있었다. 다른 살길이 없어서 언양으로 내려오게 되었다.

3부

장년 시절

또 하나의 고향 삼남

삼남에 터전을 마련하다

내가 사놓은 야산은 언양 근처인 삼남 지역에 있었다. 야산이어서 당시 싸게 샀던 땅이었다. 농사를 지으려면 개간을 해야 했는데, 예전에 개간한 경험이 있어서 그 일에 대한 두려움은 없었다. 그렇지만 이렇게 빨리 이 땅을 개간하게 될 줄은 몰랐다. 처음 개간할 때보다 상황이 훨씬 더 나빴다. 처음 개간할 때는 아무것도 없었지만, 몸은 건강했다. 그런데 지금은 사업하면서 빚까지 진 데다가 땅은 저당 잡힌 상태이고, 무엇보다 몸까지 쇠약해져 있었다. 쇠약해진 정도가 아니라 위중한 상황이었다. 오랫동안 육체노동으로 단련되어 있어서 자신하고 있었던 몸이었다. 내 유일하고 든든한 밑천마저도 흔들리고 있는 상황이었다.

하지만 이 상황을 타개해야겠다는 의지는 그 어느 때보다 더 강했다. 그럴 수 있었던 것은 혼자 몸이 아니고 아내와 두 아이

서울 생활을 정리하고 내려와서 지은 집에서 지금도 살고 있다.
나중에 이층을 증축하고 별채(오른쪽)도 지었다.

를 둔 한 가정의 가장이었기 때문이다. 아내는 부잣집에서 유복하게 살다가 나와 결혼하고 나서는 고생을 많이 했다. 결혼할 즈음에 사업을 벌인지라, 깨가 쏟아져야 할 신혼 시절에 행복하기는커녕 아내 혼자 지낼 때가 많았다. 시간이 흐를수록 상황은 더 나빠져 어려워진 사업 때문에 이리저리 뛰어다니느라 바빴다. 파김치가 되어 집에 와서는 몇 시간 잠만 자고 다시 나가는, 하숙생 같은 남편이었다. 아내는 묵묵히 홀로 아이 둘을 낳고 키웠다. 큰아들과 큰딸이 옹알이를 하고 걸음마를 떼는 것을 지켜보지 못했다. 좋은 남편, 좋은 아버지와는 한참 거리가 먼 생활이었다.

서울 생활을 정리하기로 결정한 후, 아내와 아이들은 서울에 남겨놓고 혼자 삼남에 내려왔다. 요양하지 않으면 당장 죽을 것이라는 사형선고를 받았지만 요양할 처지가 아니었다. 우선, 식구들이 머물 집을 지어야 했다. 사농은 땅의 한쪽에 인부 몇을 데리고 브로끄(구멍 있는 벽돌)를 직접 찍어 가며 지었다. 서울에서 남아 있던 철을 가져왔는데, 쓸모나 값어치가 별로 없는 찌꺼기들이었다. 지금 살고 있는 집이 그때 지은 집이다. 나중에 이층으로 증축했다. 내부에는 아무것도 없이 집만 덩그러니 지어놓고는 서울에 있는 식구들을 데려왔다. 아내에게 너무나 미안했다. 아내는 그곳에서 부유하게 자랐고 드물게 여고 졸업까지 한 재원이었다. 그런데 남편을 잘못 만나 빚쟁이가 되어 고향에 돌아왔으니, 얼마나 비참했을 것인가. 더구나 남편은 병까지 얻은 상태이니, 얼마나 암담했을 것인가. 고맙게도 아내는 그런 절망적인 현실 속에서도 굳건하게 버티어 주었다.

야산을 개간하여 배밭을 일구다

　빚을 진 상황이라 장비를 빌려서 개간할 여력이 안 되었다. 괭이 하나로 나무를 모두 파내었다. 장비가 있었다면 땅을 평평하게 만들 수 있었을 텐데 그럴 수가 없었다. 경사가 지고 골짜기가 있는 원래 땅 모양에 배나무를 심었다. 이처럼 야산에서 과수원을 일구는 것은 평지에서 과수원을 만드는 것보다 몇 곱절 힘이 들었다. 농사를 짓는 것도 평지보다 더 힘들 수밖에 없었다. 나무를 심었지만, 수확까지 한참 멀어서 다른 일을 해서 생계를 꾸려가야 했다. 그러다 보니 두 배로 일할 수밖에 없었다.

　때마침 배를 재배했던 농가들이 내가 살던 삼남면으로 이주해 왔다. 울산이 공업지구로 지정되면서 배 재배지이었던 곳이 공업지구로 수용되었기 때문이다. 그곳은 일제강점기 때 일본인들이 조성한 배밭으로, 일본인들이 배를 재배하는 방법은 우리와 달랐다. 가지치기하는 방법도 달랐는데, 결론적으로 일본인들 방식으로 재배하는 것이 단위면적당 수확량도 더 많았다. 일본인들 방식으로 배를 재배해 왔던 사람이 이웃으로 이사를 와 그 사람에게서 배 재배하는 방법을 전수받았다. 행운이었다.

　언양에서 고된 머슴 생활을 하고 만 평의 임야를 개간했지만 모두 빼앗긴 일, 월남에서 벌어온 돈을 몽땅 잃고 빚까지 지게 된 것은 배움이 짧은 나의 무지와 나를 도와주는 가족이 없어서 벌어진 일이라고 생각했다. 그래서 서러웠고 자신의 처지를 비관했다. 그런데 나를 고생하게 하고 서럽게 했던 그 모든 것이 내

지난날 개간했던 경험 덕분에 야산을 개간해서 배밭을 만들 수 있었다.

가 다시 재기하는 데 든든한 자산이 되어 주었다. 지난날 개간했던 경험 덕분에 야산을 개간해서 배밭을 만들 수 있었다. 그리고 머슴살이를 하면서 농사를 지은 것이 배농사를 지을 때 큰 힘이 되어 주었다. 또한 서울에서 건설 일을 했던 경험은 농사에서 수확이 없는 동안 이곳에서 그 일을 하면서 먹고살 수 있도록 해주었다.

산더미 같은 일과 그 보상

당시 주변에 만여 평 되는 과수원을 갖고 일하는 사람은 드물었다. 원래 논농사보다 과수농사가 훨씬 일이 많은데, 평수도 넓어서 일거리가 엄청나게 많았다. 사실 일이 많다는 것은 그만큼 생산량도 많다는 것이고 그만큼 돈도 따라온다는 것이었다.

1980년대는 우리나라 경제력이 부쩍 성장하는 시기였으며, 사회 전반적으로 소비가 촉진되는 등 경기가 활성화되었다. 농촌도 기계화가 이루어지면서 생산량이 늘고 소득이 증대되었다. 1980년대 초반에 솟값 파동으로 농촌 사회가 시련을 겪기도 했지만, 이후 공급이 줄어들어 가격이 상승했다. 이처럼 가격 하락으로 마이너스 성장을 하던 산업들은 몇 년 후에는 부족 현상으로 소비가 더욱 촉진되어 가격이 급상승했다. 실패와 손실에도 포기하지 않고 꾸준히 일을 한 사람들에게 경제적 보상이 돌아갔다.

우수한 배를 생산하는 문제는 농업기법에 달려 있다. 제때에 가지치기나 농약 살포, 거름주기 등을 하는 것이 중요했다. 이에 따라 생산량과 품질의 차이가 크게 났다. 해마다 일을 하기 전 가지치기를 할 사람들과 계약을 맺었다. 우리 집 일을 하는 사람들은 늘 정해져 있었는데, 노임을 일하는 사람들이 원하는 대로 줬기 때문에 서로 만족도가 높았다.

호황기를 맞은 경기 덕분에 배값이 좋았다. 처음에 심었던 배나무 품종이 좋지 않아서 크게 손실을 입고 다른 품종으로 다시 심느라 고생하기도 했지만, 결과적으로 배값이 좋아서 보람이 있었다. 배밭이 평지가 아니어서 농사짓기가 힘들었는데, 오히려 그 경사 때문에 물 빠짐이 좋아 배농사를 짓는 데에 좋은 면도 있었다. 또한 토질이 황토여서 배 맛이 좋았다. 맛있는 배를 생산하려면 수확하는 시기도 중요하다. 품종마다 수확하는 시기가 조금씩 다르기는 하지만, 나뭇잎이 병들지 않고 달려 있을 때 수확해야 맛이 좋다.

울산배가 아닌 삼남배라는 이름으로

울산 지역의 배 농가는 가까이에 부산이 있어서 서울에 진출할 생각은 하지 않았다. 부산 시장이 커서 따로 울산배를 알릴 필요를 느끼지 못한 것이다. 나중에 서울 지역을 판로로 한 나주배와 수원배, 서화배가 서로 경쟁을 벌이면서 그 이름들을 알렸다. 그런데 나주배나 성환배 모두 울산 지역의 덕절리 기술이 전수되어 재배된 것들이었다. 이 지역의 배들이 전국적으로 이름을 떨치고는 있었지만 사실 맛이나 품질은 울산배에 미치지 못했다. 그러나 부산이라는 큰 시장만 믿고 아무런 홍보를 하지 않은 탓에 배 하면 사람들이 우선적으로 떠올리는 것은 나주배나 성환배이다. 안타까운 일이다.

나중에 나주배와 성환배가 부산까지 진출하게 되는데, 그렇게 된 내막은 이렇다. 다른 농사보다 배농사의 수익이 높자 많은 농민이 배밭을 조성하기 시작했다. 울산의 서생면과 청량면에 그린벨트 지역으로 묶인 야산이 있었는데, 사람들이 그곳을 배밭으로 바꾸어 배농사를 지었다. 그런데 시세에 편승하여 성급하게 농사를 짓다 보니 배의 품질은 뒷전이었다. 배농사를 짓는 농업 기법도 충분히 숙지가 안 되어 가지치기나 농약 살포, 거름주기 등이 제때 이루어지지 못했다. 그러다 보니 배의 품질이 떨어질 수밖에 없었다. 그런데 이렇게 된 것이 주변에 공단이 있어서 피해를 본 것으로 판정을 받았다. 그리하여 수익을 보장받고 시중에 판매가 이루어졌다. 품질이 좋지 않은 배가 울산배라는 이름으로 부산에서 팔리다 보니, 울산배의 명성은 땅에 떨어질 수밖에 없었다. 그래서 나주배나 성환배가 부산까지 진출하게 된 것이다.

이런 상황에서 울산배라는 이름으로 부산에 출하하기가 어려웠다. 품질이 좋지 않은 배로 인식되어 가격도 제대로 쳐주지 않았다. 억울한 노릇이었다. 그래서 상품명을 삼남배로 바꿔서 부산에 진출하였다. 훗날 울산배라는 이름으로 서울에 진출하기까지는 많은 시간이 흘러서야 가능했다. 서생 지구에서 생산된 배는 '봉지를 씌우지 않고 햇빛을 많이 본 배'로 선전되면서 부산 시장을 한때 점유하기도 했다.

그러나 부산 상인들에게 최고품으로 인정을 받은 것은 삼남배였다. 특히 우리 배밭은 토질이 황토이고 과학적인 농업 기법으로 지어져 품질이 우수했다. 게다가 배밭이 커서 생산량까지 많으니, 상인들이 좋아할 만했다.

울산에 배밭 붐을 일으키다

과수원 일이라는 게 벼농사보다 몇 배는 힘든 일이다. 지금은 집에 차가 여러 대 있지만, 그때는 리어카도 없었다. 리어카 한 대 살 돈이 없었다. 배를 따서는 나는 지게에 짊어지고, 아내는 바구니에 담아서 머리에 이고 날랐다. 그러고는 옆집에서 리어카를 빌려서 찻길까지 싣고 간 다음 차를 타고 부산에서 팔고 왔다. 그런 생활을 20년 가까이 했다. 아내는 지금도 몸이 아프면 그때 골병이 들어서 그렇다며 원망을 많이 한다. 참으로 미안한 일이다. 잘살던 사람을 데리고 와서 호강은커녕 이렇게 고생을 시켰으니, 옆에서 지켜보셨을 처가 어르신들의 심정은 오죽했을까 싶다.

당시 사람들은 산을 개간하는 것을 꿈도 꾸지 못할 때였다. 그런데 내가 산을 개간하여 배나무를 심은 것을 보고는, 사람들은 개간이 엄두 못 낼 일이 아니라는 것을 알게 되었다. 개간해서 과수원을 일구는 사람들이 점점 늘어나기 시작했다. 갈 수 있는 길이라고 생각조차 안 했던 길을 누군가 가기 시작하면, '갈 수 있는 길이구나!' 해서 그 길을 가는 사람들이 점차 늘어나는 것처럼 말이다. 내가 울산에서 개간지에 배 과수원을 처음으로 일군 것은 아니다. 그렇지만 울산에 배밭 붐을 일으키는 데 내가 한몫했다는 것은 누구도 부정하지 못할 것이다.

나는 다른 사람들처럼 예전의 방식 그대로 배농사를 지을 수가 없었다. 배농사를 망친다는 것이 다른 사람들에게는 한 해 농사를 망치는 것이었겠지만, 땅을 저당 잡힌 내게 배농사의 실패는 땅을 잃을 수도 있는 치명적인 것이었다. 그러니 배농사를 짓는 태도가 남과 다를 수밖에 없었다. 어떻게 해야 당도를 높일 수 있을지, 수확량을 늘릴 수 있을지, 병충해를 어떻게 하면 최소화할지 등을 항시 연구했다. 벼 한 톨이 익는 데에는 농부 손길이 88번 필요하다고 한다. 나는 이보다 수십 배 더 배밭을 들락거렸다. 벌레를 잡고 가지를 치고 퇴비를 아낌없이 주었다. 결과적으로 다른 배들보다 당도가 훨씬 높았다. 부산에 있는 상인들은 내 배를 최고로 쳤다. 서로 사겠다며 경쟁을 벌일 정도였다.

세계 제일의 배농사꾼

몇 년 전이다. 미국에서 오래 살다 온 사람이 우리 집 배를 먹으면서 이런 말을 했다.

"어릴 적 미국에서 온갖 과일을 먹게 되었다. 그중 배를 먹었는데 너무 달고 시원했다. 그 맛을 잊을 수가 없어서 다시 맛보고 싶었는데, 지금 먹고 있는 배가 바로 그 맛이다."

그리고 세계 최고라며 엄지를 치켜들었다. 절로 어깨가 으쓱해졌다.

나 역시 북미, 유럽, 동남아시아 등 세계 곳곳을 여행해 봤지만, 우리나라 배처럼 맛있는 배는 없었다. 우리 배보다 맛과 품질이 떨어진 일본배의 수출은 일찍 이루어졌다. 울산배의 해외수출이 뒤늦게 이루어진 것이 아쉽다. 그만큼 우리 농업정책이 뒤처진 게 아닌가 싶다.

과거 일제강점기 시절 일본인들이 배 재배지로 선택한 곳은 울산 지역이었다. 아마 우리나라 전역에서 울산이 배농사를 짓는 데에 최적의 조건을 가지고 있었기 때문일 것이다. 그때부터 이어져 온 배 재배기술을 전수받게 된 것은 행운이었다. 배밭이 넓어 배를 많이 생산했는데, 부산 보수동의 이해걸, 이장걸 형제 상인이 내 배를 독점 판매하였다. 가장 비싼 가격으로 팔렸다. 우리나라 배가 세계 제일이고 우리나라에서 제일은 울산배다. 그리고 울산배에서 제일은 우리 집 배다. 그러니 당연 내가 세계 제일의 배농사꾼이다. 정부나 기관으로부터 공식적으로 인정은

우리나라 배가 세계 제일이고 우리나라에서 제일은 울산배다.
그리고 울산배에서 제일은 우리 집 배니, 내가 세계 제일의 배농사꾼이라고 할 수 있다.

받은 것은 아니지만, 상인들이 가장 비싼 가격으로 내 배를 사간 것으로 인정받았다고 생각한다. 그래서 나는 나를 세계 제일의 배농사꾼이라고 여긴다.

수확한 배를 판 돈으로 주변에 있는 땅 4천 평을 구매해서 배밭으로 만들었다. 배밭이 1만4천 평이 된 것이다. 울산에서 가장 크게 배농사를 짓는 사람이 되었다. 우수한 배를 생산하려면 퇴비가 필수였기에 퇴비 확보를 위해 젖소 목장에 도전하였다.

옛날의 나무꾼 이형철로 취급하지 마시오

배밭에 나무를 심었지만, 수확을 하려면 7, 8년이 있어야 했다. 당장 생활비를 조달할 수가 없어서 과수원 일을 하면서 집 짓는 공사도 맡아서 했다. 그때 내가 머슴살이했던 병원 집이 새로이 건물을 짓는다는 얘기를 듣고 찾아갔다. 토건을 전문으로 하는 회사에서 2,900만 원에 지어 준다고 했단다. 그러나 그쪽 일을 오랫동안 해온 내가 보기에는 1,800만 원이면 할 수 있을 듯싶었다. 그래서 말했더니, 병원 원장이 만약에 그 금액대로 지어 주면 보너스로 논 몇 마지기를 주겠다고 했다. 그렇게 하기로 하고 공사를 시작했다. 아무래도 언양은 농촌 지역이라 서울 건축 현장에서 쓰는 공법보다는 낙후된 공법으로 건설이 이루어지고 있었다. 언양에서는 처음으로 지하실을 파고 벽체도 콘크리트로

하였다. 미장을 바르지 않아도 되는 공법이었다. 이때 내가 지은 건물이 지금도 남아 있다. 현재는 병원이 아니라 신협 건물로 쓰이고 있다. 평면도나 도면 없이 작업하고 설비 시설은 수도만 연결하면 되는 줄 알던 때에 어찌 보면 최첨단 공법으로 건물을 지은 것이었다. 배 과수원에 이어 울산에 새로운 건축공법도 선보인 셈이었다.

약속한 대로 1,800만 원에 맞춰 공사를 끝내고 나니, 원장은 여기저기가 잘못되었다며 트집을 잡았다. 보너스로 주기로 한 논을 막상 주려니 아까운 것이었다. 사람이 뒷간 갈 때 마음과 나올 때 마음이 다르다는 것은 알고 있었지만 그리 뒤통수를 맞을 줄은 몰랐다.

"약속을 파기해도 좋습니다. 그 논 안 받아도 좋습니다. 하지만 옛날의 나무꾼 이형철로 취급하지는 마시오. 사람 우습게 보지 말라 이 말입니다. 지금은 어디를 가든 사장 소리를 듣고 사는 사람입니다."

그 원장은 몰랐을 것이다. 논 몇 마지기를 아끼려다가 그보다 더 큰 것을 놓쳤다는 것을. 만약 내가 그 논을 약속대로 받았다면, 나는 그 사람을 잘살게 해주었을 것이다. 허세가 아니다. 고모부가 현대건설 하청을 할 때 정주영과 그 형제들의 집 짓는 것을 내가 했다. 그러면서 터득하게 된 지식이 있었다. 원장에게는 땅이 많았는데, 그 땅을 어떻게 개발할지에 대해 조언을 해줄 수 있었다. 원장이 약속을 파기한 이후로는 그 집에 발걸음을 한 번도 하지 않았다.

이곳은 언양에 처음 왔을 때 머슴살이를 했던 병원집이다.
서울 생활을 정리하고 언양에 다시 내려왔을 때, 서울에서 배운 공법으로 병원
건물을 새로 지어 주었다. 지금은 그 건물을 신협에서 쓰고 있다.

살아오는 동안 이처럼 구두로 한 약속만 믿고 계약서를 작성하지 않아서 낭패를 본 경우가 많았다. 사람의 말을 믿는 것은 무척 중요하다. 하지만 말로 주고받은 약속은 상황에 따라 지키지 못할 때가 많다. 누군가와 거래를 할 때는 법적인 장치를 반드시 마련해야 한다. 몇 번의 실패를 통해 얻은 뼈저린 교훈이다.

젖소를 기르다

우리 집 소는 1년에 네 마리를 낳소

배농사를 지으려면 가축 퇴비가 필요해서 젖소를 기르기 시작했다. 일을 벌이는 편이라 빚을 내서 목장 부지를 샀다. 은행에서 대출은 안 돼서 2부, 3부 이자를 줘야 하는 사채로 땅을 매입했다. 주변에서는 말렸지만 벌어서 갚을 자신이 있었다.

과수원 일도 힘들지만, 낙농은 낙농대로 정말 힘든 일이다. 직업으로는 다시 갖고 싶지 않은 일이다. 무엇보다 소한테는 일요일이나 설 같은 게 없다. 날마다 하루에 두 번씩 아침, 저녁으로 젖을 짜주어야 했다. 안 짜주면 병이 나니, 쉬는 날이 없었다. 새벽 4시에 일어나 함께 일하는 목부와 함께 한 시간 동안 젖을 짠다. 일꾼이 있다고 할지라도 소의 변화에 늘 신경을 써야 하는 것은 주인의 몫이었다. 한 번 흔드는 소꼬리를 보고도 소의 상태를 읽을 수 있는 게 주인이다.

"우리 집 소는 1년에 네 마리를 낳소."

내가 이렇게 말하면 미친놈 취급을 하거나 거짓말을 한다고 생각한다. 그런데 사실이다. 그렇게 해서 젖소 세 마리가 7년 후에는 백 마리가 되었다. 다른 사람들이 7년 동안 젖소 백 마리를 만들 수 있는 방법은 오직 한 가지뿐이다. 돈으로 사는 것이다. 물론 나는 돈으로 사지 않았다. 앞서 말한 것처럼 소 한 마리가 1년에 네 마리씩 낳아서 백 마리가 되었다. 매번 네 쌍둥이를 낳은 거냐고? 아니다. 그럼 석 달에 한 마리씩 해서 일 년에 네 마리를 낳은 거냐고? 소의 임신 기간도 사람처럼 열 달이니, 이것은 불가능하다. 내가 젖소 세 마리를 백 마리로 만든 비법은 이랬다.

젖소를 키우는 사람들은 우시장에서 자신들이 사갈 젖소를 신중히 고른다. 골격이 반듯한지, 털에 윤기가 흐르는지, 눈이 크고 눈물은 흐르지 않는지 등 꼼꼼하게 살펴서 가장 실하고 건강한 젖소를 찾아서 사간다. 그런데 나는 아무도 거들떠보지 않는, 병들어서 비실비실한 젖소를 사간다. 그럴 때면 소장수는 의아스러운 표정으로 다시 한번 물어본다.

"이놈을 정말 사가려구요?"

"예, 그놈으로 주시오."

몇 달 후 나는 젖소를 팔기 위해 그 소장수를 불렀다. 우리 집 젖소를 본 소장수가 대뜸 말했다.

"오, 소가 건강하고 실하네요."

"내가 전번에 사온 놈입니다."

내가 빙긋 웃으며 말했다.

"네? 이게 지난번에 사간 비실비실한 놈이라구요?"

놀라며 되묻는 소장수에게 그렇다고 답했다.

다른 사람들이 건강하고 실한 젖소를 백만 원 주고 살 때, 나는 병약한 젖소를 이십오만 원 주고 사왔다. 그리고 몇 달 동안 하루 세 번씩 사료를 잘 먹이고, 오줌과 소똥을 바로바로 치우는 등 축사의 청결을 유지하였다. 일광욕도 자주 시켜주고 긁개로 머리나 등, 다리 등을 긁어주었다. 겨울에는 여물을 끓이거나 따뜻한 물을 주어서 몸을 따뜻하게 하고, 여름에는 샤워를 해주었다. 이처럼 젖소를 잘 먹이고 잘 자랄 수 있는 환경을 만들어 주게 되면 살이 통통하게 오르고 온몸에 윤기가 흐른다. 몇 달 만에 최하급에서 최고급의 젖소로 변신하게 되는 것이다. 이렇게 변신시키기 위해 필요한 것은 다른 사람들보다 몇 시간 더 일하면 되는 것이다. 내 장기가 일 많이 하는 것이라, 어렵지 않았다. 그렇게 해서 이십오만 원에 사온 젖소를 백만 원에 팔게 되었다. 그리고 백만 원으로 비실비실한 젖소 네 마리를 다시 사왔다. 소 한 마리가 1년에 네 마리를 낳은 셈이다.

생각의 차이가 다른 결과를 가져온다

사실 낙농을 한 이유는 배농사에 필요한 퇴비 때문이었다. 그러니까 배농사가 주업이고 낙농은 부업인 셈이었다. 그런데 정수 두세 마리를 키울 때 부산우유조합 사람들과 함께 일본에 가게 되었다. 일본의 낙농 농가를 방문해서 그들의 선진농법을 배우자는 것이 목적이었지만, 일행들은 관광할 생각으로 들떠 있었다. 나는 우리보다 앞선 그들의 농법이 뭔지 궁금했다. 무엇보다 여행 경비의 값어치보다 더 많은 것을 배워 와야겠다고 다짐했다. 그곳에서 나는 한 마리를 키우는 데도 365일이 들고, 열 마리 백 마리를 키우는 데도 365일이 소용된다는 것을 깨달았다. 이런 깨달음은 낙농의 방향을 다두사육으로 전환하게 했다. 물론 두세 마리 키우는 것보다 몇십, 몇백 마리를 키우는 것이 훨씬 더 많은 품이 들 터이다. 하지만 앞서도 말했지만 일 많이 하는 것이 내게는 문제 되지 않았다. 문제는 젖소를 여러 마리 사고 싶어도 돈이 없다는 것이었다. 튼실하고 우유가 잘 나오는 젖소는 몇백만 원을 호가했다. 그래서 궁리한 것이 값싼 소를 사서 비싸게 되팔자는 것이었다. 젖소를 잘 키울 자신은 있었다. 이런 내 예상은 적중하여 두세 마리였던 젖소가 7년 만에 백 마리가 되었다. 낙농을 하는 사람들에게 이런 사실을 말하면 다들 거짓말 취급을 하며 믿지 않는다.

젖소를 키우는 사람들은 대체로 여건을 갖춘 사람들이 많다. 부모로부터 물려받은 땅도 있고 비싼 젖소를 살 만한 여윳돈도 있는 사람들이다. 그러다 보니 목부를 두고 젖소를 키우게 되는데, 여기에 함정이 있다. 주인이 젖소를 관리하는 것과 목부가 관리하는 것은 차이가 날 수밖에 없다. 목부는 젖소가 병들어 있어도 제때 발견하지 못해 놓치기도 하고 사료를 적게 먹이는 등 아무래도 주인보다는 관리에 소홀할 수밖에 없다. 심지어 사료를 빼돌리는 불량한 목부도 있다. 모든 살아 있는 것들이 그러하듯이 젖소도 정성을 기울인 만큼 그에 대한 보답을 해준다. 당시 울산에는 낙농을 하는 이백여 농가가 있었다. 다들 나보다 많은 젖소를 키우고 있었다. 그런데 7년 후에는 나보다 다 뒤처져 있었다. 이것은 그 사람들과 나의 사고방식이 달랐기 때문이다. 생각의 차이가 완전 다른 결과를 만든 것이다.

소장수는 사람들이 사가지 않는 병약한 젖소들을 우리 집에 데려다놓고, 몇 달 후에 다시 젖소를 사러 왔다. 그사이 젖소는 아무도 거들떠보지 않는 소에서 누구나 탐내는 소로 바뀌어 있었다. 소장수 입장에서는 나와 거래하는 것이 다른 사람들과 거래하는 것보다 더 이문이 남았다. 나중에는 내가 집에 없어도 우리 집 축사에 병약한 소들을 놓고 갔고, 팔 때가 된 소는 가져갔다. 서로에 대한 신뢰가 있어서 가능한 일이었다.

농사지을 방법을 항상 연구하다

소가 아프면, 밖에 내놓아 소가 먹고 싶은 풀을 먹게 했다. 소들은 본능적으로 제 몸에 필요한 풀을 찾아 먹는다. 자연은 이렇듯 지혜롭다. 약보다는 자연치료를 한 것이다. 울산에는 고래가 많다. 젖소에 피부병이 생기면 고래 기름을 썼는데 효과가 좋았다. 사람에게도 효과가 있었다. 과수원을 할 때 고래 기름으

가져와서 신문지에 기름을 발라 배 봉지로 썼는데, 방수도 되고 배 색깔도 예쁘게 나왔다.

배밭을 하고 젖소를 기를 때 생각 없이 일하지 않았다. 어떻게 하면 농사를 잘 지을 수 있을지 늘 연구했다. 그렇게 해서 고안해낸 방법으로 농사를 지었다. 성과가 있으면 있는 대로 기뻤고, 없으면 없는 대로 다시 연구했다. 주어진 생활에 안주하지 않고 늘 연구하면서 생활했기 때문에 힘들기는 했지만 즐거운 생활이었다. 당시 울산에는 젖소 키우는 사람들이 100명 정도 있었다. 그 사람들은 물려받은 부모의 재산이나 원래 소유하고 있는 땅 등 자기 자본을 가지고 낙농을 시작한 사람들이었다. 그런데 나는 빈손으로 시작했으니, 농사짓는 태도가 다를 수밖에 없었다. 앞서도 말했지만, 그 사람들은 망해도 자기 자본을 잃을 뿐이지만 나는 빚을 떠안아야 할 상황이었다. 한 걸음만 물러서면 낭떠러지로 떨어질 판이니, 절박했다. 낙농에 대한 책임감이 남다를 수밖에 없었고 열심히 일할 수밖에 없었다.

낙농하면서 터득하게 된 지식을 젖소를 기르는 사람들과 함께 나누고 싶어 사무실을 마련하였다. 기업에서 하는 낙농은 일꾼에게 모든 것을 맡기겠지만, 농가에서 개별적으로 하는 낙농은 농민들끼리 힘을 합쳐 여러 문제를 직접 해결하지 않으면 안 된다. 어떤 종자가 좋은지, 젖소를 잘 키우는 방법도 함께 연구하고, 사료나 약 등을 공동구매하여 낙농가의 지출을 줄이고자 했다. 그러다 보니 자연스레 지역에서 낙농업을 하는 사람들 모임의 대표가 되었다.

낙농은 나중에 의원 생활을 할 때 정리했다. 아무래도 내가 직접 돌볼 수 있는 시간이 부족하다 보니, 여러 어려운 점이 있어서 접을 수밖에 없었다.

일본으로부터 배울 것은 배워야

나라의 경제가 하루가 다르게 발전을 이루고 있었다. 삼남 지역에도 삼성전자 등 여러 공장이 들어섰다. 돈도 많이 벌고 하루 8시간 노동에 토요일, 일요일, 휴가까지 챙길 수 있는 산업체로 떠나는 젊은이들이 많았다. 결국 나이 든 사람들만이 농촌에 남는 꼴이 되었다. 우리나라는 국토는 좁고 자원은 거의 없는 나라다. 그런 형편에서 우리가 잘살 수 있는 길은 열심히 일하는 인적 자원과 기술뿐이다. 선진국으로 가는 길목에서 우리나라 농촌 정책은 한참 뒤처져 있었다.

이러한 농촌 생활 속에서 배농사와 낙농, 논농사, 밭농사 등 일을 많이 했기 때문에 나는 잘사는 편에 속했다. 옛날처럼 하루 밥 세 끼만 먹어도 되는 세상은 사라졌다. 그런데 대부분의 농민들은 적은 땅에서 일하고 있다. 급변하는 사회 속에서 살아내려면 현실을 직시하고 그에 맞게 잘 대처해야 한다. 고령화되면서 농촌에서 일의 능률은 점차 떨어지고 인건비는 두세 배로 올라서 살기가 더욱 어려워지고 있었다.

배주합과 우유주합에서 선진 농업기술을 도입할 목적으로 일

영농기술을 배우러 일본을 방문하였다.
지난날 고통받은 기억으로 원망만 하지 말고 우리보다 앞선 기술은 배우고 익히는
지혜가 필요하다.

본을 방문하여 배농사 현황을 살펴보게 되었다. 일본은 우리나라보다 더 빨리 산업화 정책이 이루어져 부유하게 살고 있었다. 농촌, 도시 할 것 없이 전 국토가 잘 정돈되어 있었고, 일본 국민들은 철저한 국가관이 몸에 배어 있는 듯했다. 과거 임진왜란과 일제강점기 때 고통당한 역사 때문에 일본에 대한 원망으로 그들이 선진국이라는 것을 인정하지 못하는 것은 어리석다. 일본이 임진왜란 때 총을 가졌던 것이나 대동아전쟁이라는 이름으로 세계를 침략하던 힘을 가진 나라라는 것을 잊어서는 안 된다. 그들의 힘에 당하기만 하고 그 힘을 우리 것으로 하지 못한 것은 아쉬운 일이다.

농촌의 협동조합을 운영하는 방침이나 수출정책, 진흥청의 농업 지도 및 관리 등 일본으로부터 우리가 배울 점은 많았다. 그들의 선진기술을 배워 와서 실천한다면 우리도 잘살 수 있을 것이다. 전 산업 분야에서 새로운 기술을 개발하기는 쉽지 않다. 그 대신 발전된 기술을 배우고 와서 우리나라 상황에 맞게 응용한다면 우리나라도 선진국이 될 수 있을 것이다. 지난날 고통받은 기억으로 원망만 하지 말고 우리보다 앞선 기술은 배우고 익히는 지혜가 필요하다.

일본을 보며 무엇보다 부러웠던 것은 공직사회의 청렴함이었다. 사실 산업 분야에서는 이윤을 높일 생각에 발전된 기술이나 강점을 욕심내서 빠르게 배워 자기 것으로 만든다. 그러나 공직사회는 학연, 지연, 혈연 등 온갖 인맥으로 엉켜 여러 가지 병폐가 있는데도 변화의 조짐이 보이지 않는다.

돈을 벌면 늘 땅을 사다

살아오는 동안 몇 번이나 빈털터리가 되었다. 8년간 모은 새경을 사진관에 투자했다가 몽땅 날리기도 하였고, 6개월간 하루도 쉬지 않고 개간한 땅을 고스란히 빼앗겼으며, 월남에서 벌어온 2만 달러로 차린 사업체를 사채업자에게 넘겨야 했다. 빈손이 된 내가 마지막에 정착한 곳은 땅이었다. 임야를 개간해서 배농사를 짓고 낙농을 했다. 그러는 동안에도 나의 무지나 자연재해 등으로 여러 번의 실패가 있었다. 그럼에도 '나한테 적합한 것은 땅이구나.' 했다. 내가 노력한 만큼 땅은 대가를 돌려주었기 때문이다. 땅은 거짓말을 하지 않았다.

그래서 농사를 지어서 돈이 생기면 땅을 샀다. 젖소를 살 때처럼 땅을 살 때도 사람들이 거들떠보지 않는 땅을 샀다. 좋은 땅으로 만들 자신이 있었기 때문이다. 당시 배 한 상자에 2, 3만 원 했으니, 3천 상자를 수확한다면 6천만 원에서 9천만 원 정도가 생기는 셈이다. 그때는 주변에 버려진, 좋지 않은 땅 한 평을 만 원이면 살 수 있었다. 배농사를 지어서 남은 돈 3천만 원으로 땅 3천 평을 샀다. 몇십 년이 흐른 지금, 배는 한 상자에 4만 원이지만 그 땅은 한 평에 70만 원이 되었다. 의도했던 것은 아니지만, 결과적으로 땅 때문에 엄청난 수익을 올리게 되었다. 낙농을 할 때는 축사 오물 때문에 피해를 입은 논을 빚 내서 사들였다. 나중에 소장수한테 우리 소 열 마리를 가져가게 해서 받은 3천만 원으로 그 빚을 갚았다. 지금 땅 시세를 생각하면 소 한 마리가 30억이 된 셈이다.

돈이 생길 때마다 사놓았던 땅이 땅값이 크게 오르면서 엄청난 규모의 자산이 되었다. 이런 것 때문에 군수나 의원 선거를 치를 때 내가 마치 남의 땅을 값싼 가격으로 훔친 파렴치범으로 음해를 받기도 했다. 땅값이 올라서 자산의 가치가 커진 것은 기쁘다. 하지만 그런 결과를 노리고 땅을 산 것은 아니다. 내게 땅은 콩 한 알을 심고 정성을 기울이면, 수십, 수백 개의 콩알을 돌려주는 감사하고 놀라운 존재다.

대한민국에서 일을 가장 많이 한 사람

대한민국에서 일을 가장 많이 한 사람을 뽑는 대회가 있다면 아마 내가 1등일 것이다. 1만4천 평 되는 배농사와 4천 평의 논농사, 5천 평의 밭농사, 그리고 젖소 100여 마리를 기르는 등 많은 농사일을 하면서 울산 낙우회장, 원예조합이사, 작목반장, 축산계장(축산업을 하는 사람들의 모임인 축산계의 장을 뜻함), 한국과수협회이사, 한국축산협회 이사 등 농업 관련 단체의 책임자까지 맡아서 했다.

배 하나를 생산하려면 농부 손길이 백 번은 가야 한다. 일 년에 농약을 20여 차례 정도 하는데, 배밭이 넓어서 한 번 할 때면 새벽부터 시작해서 해질 때까지 했다. 농약을 땅에 흘리지 않으면서 배나무에 골고루 살포하고 자기 몸에 해로운 농약을 묻히지 않으려면 손과 발을 빨리 움직여야 한다. 하루에 살포하는 농약의 양이 27섬(한 섬은 180ℓ로 4,860ℓ에 해당함)이었다. 농약을 살포하는 중에 농약 중독으로 병원에 몇 차례 실려 가기도 했다.

　나중에 자동으로 농약을 살포하는 SS기 분무기가 나왔다. 천만 원이 넘는 고가의 기계였다. 평지 과수원에서는 이 기계만 있으면 수월하게 농약을 살포할 수 있었다. 그런데 우리 배밭은 굴곡이 심해서 기계가 있어도 쉽지 않았다. 이 기계를 운전해 가며 농약을 살포하는 중에 몇 차례 땅바닥에 내동댕이쳐지기도 했다. 그런데도 크게 다치거나 죽지 않은 걸 보면 인명은 재천이구나 싶기도 하다. 상황이 이러다 보니 의정활동으로 바쁠 때도 일손을 구해서 맡기지 못하고 내가 직접 다해야 했다.

　야산을 개간한 곳이라 무슨 일을 하든 평지에서 하는 것보다 일의 양이 서너 배 더 많았다. 목장에서 만든 퇴비를 옮겨와 배밭에 쌓아두면 집채만 했다. 배를 수확할 때는 하루에 300상자씩 운반했다. 일의 양은 많고 능률은 떨어졌다. 일손이 달릴 때는 품을 사서 일하기도 했지만 일하는 여건이 좋지 않아서 일꾼들에게 맡기지 못하고 내가 직접 해야 하는 일들이 많았다. 그러다 보니 혼자 몸으로 몇 사람 몫의 일을 했다. 이러한 농사일을 하루도 아니고 수십 년을 해왔다. 우리나라 농부 중 일을 제일 많이 하지 않았을까 싶다. 더구나 배를 팔아서 돈이 생기면 생기는 대로 농토를 사들였으니, 일은 점점 더 많아질 수밖에 없었다.

처음으로 선거에 나가다

축협 조합장 출마를 권유받고

열심히 일하여 배농사와 젖소 목장에서 좋은 성과를 이룩해내자 농촌 사회로부터 인정을 받았다. 그리하여 삼남배 작목반장, 배조합 이사, 과수협회 이사, 울산 지역 낙우회 회장 등의 직함을 얻어서 여러 가지 일을 했다. 사실 이런 일은 대개 보수가 없는 봉사에 가까운 일이었다.

농촌에는 농업 생산력을 늘리고 농민의 경제적, 사회적 지위를 향상하는 것을 목적으로 하는 조직인 농업협동조합(이하 농협)이 있다. 1988년 법이 개정되어 그동안 임명직이었던 조합장이 선출직으로 바뀌었다. 울산에는 농협이 시와 구, 군과 면마다 하나씩 있었는데, 금융 업무까지 하다 보니 지역에서 농협의 위력은 대단하였다. 조합장이 받는 보수도 많아서 출마 경쟁이 심했다.

울산 지역에는 농협 말고도 배조합과 축협이 있었는데, 법 개정에 따라 축협 조합장도 직접 선출하게 되었다. 그런 와중에 내게 축협 조합장에 출마해 보라는 권유가 들어왔다. 당시 축협 조합장으로 있었던 사람은 학식도 갖춘 데다가 조합 임원들과도 원만하게 지내고 있어서 출마를 한다면 당선될 확률이 높았다. 그런데 그 사람이 자신은 출마하지 않겠다고 하면서 주변에 있던 임원들을 놔두고 내게 출마를 권유했다.

나는 그 권유를 받아들여 축협 첫 민선 조합장에 출마했다. 처음으로 임해 본 선거였다. 젖소 목장을 경영하는 동안 시행착오를 겪으며 터득하게 된 노하우를 축산인들과 함께 나누고 싶었기 때문이다. 송아지 네 마리로 시작해서 7년 만에 백 마리로 일구어낸 내 경험을 전수하여 모든 축산인을 잘살게 해주고 싶었다. 또한 축산업을 하면서 문제로 느꼈던 점을 개선하고, 사료 공장도 지어서 조합원들에게 원가로 사료를 공급하고 싶었다. 조합장이 되어 조합원들의 편의를 돕고 소득 증대를 이룰 생각을 하니 가슴이 벅차올랐다.

최선을 다해 선거 운동을 하다

울산시와 언양에 사무실을 차렸다. 한 달 동안 혼자 몸으로 울산 전역을 구석구석 돌며 모든 조합원을 만날 수는 없었다. 나를 도와주는 운동원들이 나를 대신해서 조합원들을 찾아다녔다. 축산에는 돼지, 한우, 젖소 등을 기르는 농가가 있는데, 그중 젖소 농가의 수가 제일 적었다. 그러다 보니 평소 얼굴을 알고 지내는 조합원들의 수도 적었다. 그런 상황에서 축산인들에게 내 참

뜻을 일일이 전달하는 데 한 달이라는 선거운동 기간은 너무나 짧았다. 그 짧은 기간에 360개 부락에 산재해 있는 1,500여 축산 농가를 찾아다니는 일은 정말 벅찼다. 게다가 모든 일에 돈이 들었다. 두 곳 사무실의 운영비, 나를 도와주는 운동원들의 교통비와 식비, 얼굴을 알리려고 찾아간 축산인들 모임에서의 식대비 등 들어가는 비용이 만만치 않았다.

상대 후보는 울산 지역에서 이미 크고 작은 선거를 많이 치러낸 사람이었다. 그리고 축협에서 감사직을 맡고 있어서 조합원들과 임직원들에 대해서 나보다 훨씬 많은 것을 꿰고 있었다. 아무런 준비 없이 의욕만 가지고 출마한 나와는 달랐다. 나와 가까운 몇몇 운동원들은 선거에 이기려면 돈 봉투를 전달해야 한다고 조언했다. 그런 부정한 방법을 동원해서까지 당선되고 싶지는 않다고 거절했더니, 다들 실망하는 눈치였다. 아직 뚜껑을 열기 전이었지만 '지는 선거구나.' 하고 생각하는 듯했다.

결과는 낙선이었다. 상대 후보보다 50표가 뒤졌다. 하지만 준비 없이 시작한 선거에 그 정도 성과를 이룩한 것은 대단한 일이었다. 최선을 다했는데도 진 것은 그만큼 상대 후보의 능력이 뛰어났기 때문이라고 여기고 결과에 승복했다.

선거가 끝난 후

그런데 선거가 끝난 후 알게 된 사실은 차츰 씁쓸한 것들이었다. 여관방에 50여 명이 모여서 릴레이 부정선거를 벌인 것 그리고 축산업을 그만둔 20여 명의 조합원들과 조합 비리에 연루된 사람들을 동원한 것 등을 알게 되었다. 선거에 이기기 위해 불법이든 뭐든 가리지 않고 모든 것을 동원하는 전문성에 놀랐다. 상대는 선거 전문가였다. 그 후로도 선거를 몇 번 치렀는데, 깨달은 점은 '깨끗하게 하면 진다.'는 것이었다. 부정이 없으면 선거에 진다는 것, 안타깝지만 사실이다.

그리고 전 조합장이 내게 조합장 출마를 권유하게 된 내막도 알게 되었다. 전 조합장과 측근 실세들이 몇십억에 달하는 조합의 자산을 손실하는 부정을 저질렀던 것이었다. 이런 문제 때문에 조합장 후보 자리를 내게 넘긴 것이었다. 나중에 내가 당선되면 그 문제를 원만하게 해결할 생각으로 말이다. 이런 함정이 있는 줄도 모르고 당선만 되면 모든 축산인을 잘살게 할 꿈에 부풀어 있었으니….

이에 덧붙여 알게 된 또 한 가지 사실. 조합장 선거에 나가기 전 조합 이사 자리에 출마한 적이 있었는데, 이때 조합장과 실세들이 내가 이사가 되는 것을 막았다는 이야기도 듣게 되었다. 조합에는 50여 명의 대의원들이 있는데, 이들이 이사를 뽑게 되어 있었다. 당시 조합 이사진들은 조합장과 조합을 좌지우지하는 실세들이었다. 50여 명의 대의원들도 이사진의 영향력에서 자유로울 수가 없었다. 이사진 중 한 사람이 대의원들에게 이렇게 말했다고 한다.

"나를 선출 안 해도 좋으니 이형철은 찍지 말아라."

아마도 그들의 부정한 짓이 탄로날까 봐 내가 이사로 되는 것을 방해했던 것이 아닐까 싶다.

나중에 조합장과 이사들이 저지른 부정은 밝혀져 법적인 조치를 받았다. 조합장과 이사들이 조합에 끼친 20억 손실은 개인적으로 착복하려다가 생긴 것은 아니었다. 납품 사기꾼에게 사기를 당한 후 그 손실을 몰래 메우려고 당시 붐을 이룬 증권에 투자했다가 더 크게 돈을 잃은 것이었다. 그때 이사진 중 몇몇 사람들도 떼돈을 벌 생각에 투자했다가 가산을 탕진하고 말았다. 이는 세상일에는 노력 없이 공짜로 쉽게 벌 수 있는 일이 없다는 것을 여실히 보여주는 것이다.

선거가 끝난 후 내게 남은 것은 일억 원 가까이 되는 빚이었다. 당시에는 꽤 큰 액수였다. 백 원짜리 하나도 아끼고 살아온 처와 가족에게는 너무나 큰 빚이었다. 당선되었다면 땅을 팔아서 갚는다고 해도 아깝지 않았겠지만…. 아내에게는 미안하다는 말도 꺼내기 어려울 만큼 미안했다.

그래도 아무런 준비도 없이 한 달이라는 짧은 기간에 7백여 명의 조합원들로부터 지지를 받은 것은 사실 대단한 일이었다. 개표에서는 낙선했지만, 조합원들의 표심에서는 지지 않은 것이었다. 결과를 감사한 마음으로 받아들이며 산더미 같은 빚을 차근차근 갚아나가겠다고 맘먹었다.

조합장 출마에 반대했던 아내가 낙선한 나를 위로하기 위해 며칠간 여행할 것을 제안했다. 김천 직지사 등 여러 곳을 아내와 함께 다녔다. 하지만 낙선을 한 서운함과 실망이 쉬이 가시지 않았다. 생각보다 낙담이 컸다. 이처럼 조합장 선거에 패배한 후유증이 좀처럼 가시지 않은 와중에도 우리 사회의 잘못된 점들은 더 확연히 눈에 들어왔다.

시의원이 되다

울산 시의원에 출마하다

우리나라엔 농촌 현실과 동떨어진 정책이 참 많다. 그런데 이런 정책에 문제점을 제기하고 개선을 요구해도 수용되는 게 없었다. 정책 결정자한테 일개 농부의 말이 귀에 들어왔겠는가. 제도나 행정의 잘못된 점이 눈에 들어오고 그것을 고치면 잘살 수 있는 길이 보이는데, 시행하지 않으니 안타까웠다. 현장에서 일하면서 체득하게 된 유용한 정책을 반영시키고 싶었다.

때마침 지방자치가 부활하였다. 시장, 군수, 도지사와 지방의회 의원들을 국민이 직접 선출하는 선거가 시행되었다. 꿈쩍도하지 않는 공직사회의 병폐를 고치는 일에 나서야겠다고 맘먹었다. 축협 조합장 선거를 치르느라 빚도 많이 남아 있었고 아내의 완강한 반대에 부딪혔지만, 의회 선거에 출마했다.

지역민이 투표하는 선거이기에 그곳에 대대로 살아온 사람들의 인맥이 선거에 유용하게 작용했다. 실향민인 나로서는 동원할 인맥이 없었다. 서러웠다. 더구나 중학교도 제대로 졸업하지 못한 처지였으니, 학력 또한 부족했다. 지역에서 세를 자랑하는 가문 출신에 대학을 졸업한 간판을 달고 나온 상대 후보들에 비해 나는 모든 게 모자라기만 했다. 상대 후보는 자신의 앞마당인양 활개를 치며 지역을 돌아다녔다. 더구나 상대 후보는 평소 나와 가까이 지내는 사람들과 이웃 사람들을 자신의 운동원으로 내세웠다. 그러다 보니 내 선거를 도와줄 운동원들을 구하는 것조차 쉽지 않았다.

선거법은 귀에 걸면 귀걸이, 코에 걸면 코걸이처럼 해석하기 나름이었다. 부정을 저지르지 않아도 해석에 따라 선거법 위반이 될 수 있었다. 새벽부터 밤늦게까지 곳곳을 누비며 다녔다. 두 번, 세 번 다녔다. 상대가 보기에 부지런히 운동을 하고 다닌 것처럼 보였겠지만 실은 사람을 일일이 만나지 않고 그냥 다니는 선거운동을 했다.

상대 후보는 가문과 동기동창의 세를 업고 많은 운동원들을 거느리며 선거운동을 하며 다녔다. 이미 선거를 이긴 것처럼 의기양양한 태도였다. 그런데 선거 막바지에 사람들 사이에서 그렇게 잘나가는 간판으로 이 고장에 한 것이 무엇이 있는가, 밖에서 벼슬이라도 한 게 있는가 하는 소리가 나오기 시작했다. 그래도 이형철은 지역에서 열심히 일한 모범으로 배 작목반장, 울산 전지역 낙우회장, 면 개발위원장 등 10개가 넘는 농민단체 책임자를 한 사람이다, 그리고 몇 년간 부락 경로당의 난방비도 부담하

울산 시의원으로 일할 때. 의원에 출마한 것은 예산을 집행하는 행정을 바르게 세워서
지역사회를 발전시키겠다는 뜻이었다.

고 제 집에도 없는 TV를 부락 회관에 기증한 사람이다 하고 상대 후보와 나를 비교하는 말들이 나오기 시작했다. 평소 내가 했던 여러 봉사 활동이 사람들 입에서 오르내렸다. 계란으로 바위 치는 심정으로 선거운동을 하고 다녔는데 막판에 바람이 불기 시작한 것이다. 뒤늦게 시작된 바람이라 결과를 예측할 수가 없었다.

마침내 선거일이 되었다. 개표를 해보니 놀랍게도 압도적인 표차이로 내가 당선했다. 일가친척 하나 없는 지역에서 돈을 쓰지 않고도 당선된 것은 정말 대단한 일이었다. 지역의 텃세가 굉장한데, 아무런 인맥도 학연도 지연도 없는 내가 당선된 것은 그동안 농사를 지으면서 농민의 권익을 대변했던 일이 인정받은 것이라고 생각한다.

나이 덕분에 의장님 소리를 듣다

선거가 끝난 후 개원까지 한 달이 넘게 남아 있을 때였다. 울산시가 경상남도 울산시에서 울산광역시로 승격이 되었다. 그래서 당선된 의원은 울산광역시 의원으로 자동 승계되었다. 울산시에서 경남도의원으로 당선된 18명도 울산광역시 의원으로 되었다. 의회 개원은 광역시 행정과 한날에 시작하기로 했다. 당선된 의원 중에서 내가 나이가 제일 많았고, 제일 적은 이는 조승수 의원이었다. 여성으로는 임명숙 의원이 있었는데, 이렇게 세 사람이 대표로 당선 소감을 밝히는 방송국 인터뷰를 했다. 제일 고령자라는 이유로 개원 전까지 임시로 의장 역할을 하게 되었다. 울산시 행사에 참여도 하고 의장 자리에서 인사나 건배 제의도 하였다. 임시 의장 역할을 하지 않게 된 이후에도 훗날 동료 의원들에게서 의장님 소리를 듣기도 했다. 남한에 와서 호적 정리를 할 때 다섯 살 많게 한 덕을 본 것이다.

사실 선거 포스터에 기재된 나이를 본 유권자들로부터 나이가 너무 많은 것 아니냐는 이야기를 듣고 실제 내 나이를 찾으려고 노력했다. 실제 나이를 알려주는 증거물인 족보와 몇십 년간 지역의 동갑 행사에 참가한 것을 증거로 해서 신청했지만, 기각되었다. 법원은 법적으로 본래 나이보다 올리는 것은 가능하지만 내리는 것은 불가능하다고 했다. 나이를 내리는 것이 가능하게 되면 정년퇴임을 하는 것도 미루어지기 때문에 악용될 소지가 있다는 것이었다. 법원 기각으로 어쩔 수 없이 다섯 살 더 많은 나이로 살 수밖에 없었다. 건강에는 아무런 이상이 없는데도 나이 때문에 헌혈에도 참여할 수가 없었다. 훗날 더 불편한 일이 생기겠구나 싶은 예감이 들었다.

삼남에 울산역이 들어서고

원 구성을 앞두고 몇몇 의원들이 주도권을 갖는 의장이 되기 위해 일찍부터 세 확보를 위해 물밑 작업을 치밀하게 벌이고 있었다. 도의원으로 당선된 18명은 통합된 원에 부의장 자리를 요구했지만 다수인 시의원들에게 묵살되었다.

울주군 농촌 의원들은 5개 상임위원회에 들러리처럼 한 사람씩 들어갔다. 나는 내 직업과 연관이 없는 상임위원회에 소속되었다. 실제 의정 생활은 평소 내가 생각했던 의정 생활과는 달랐다. 행정을 감독하는 역할을 제대로 하지 못하는 우를 범하기도 했지만 하나하나 의정 생활을 배워갔다. 전문적인 내용은 그 분야에 정통한 동료 의원들의 설명과 도움을 받아가며 일을 수행해 갔다.

바른 판단을 하기 위해서는 주어진 자료를 꼼꼼히 살피는 것이 중요하다. 매일 의회 사무실에 나가지 않아도 되지만, 올바른 판단을 하기 위해서는 상근하다시피 해서 자료를 들여다보지 않을 수 없었다. 그러다 보니 내 본업인 농사일에 신경을 쓸 수가 없었다. 게다가 의원이 되고 보니 각종 민원이 들어오고 참석해야 할 모임도 많이 생겼다. 모임에 참석하고 민원을 해결하는 데 돈이 들어갔다. 당시 의원직은 명예직이었는데, 돈은 벌지 못하고 쓰는 돈은 늘어가니 빚만 불어나고 있었다. 의원에 출마했을 때 군민들의 요구를 다 들어주겠다고 약속했고 그 약속을 지키려다 보니 내 본업인 농사일을 챙기지도 못하고 돈은 돈대로 들어갔다.

의원에 출마한 것은 예산을 집행하는 행정을 바르게 세워서 지역사회를 발전시키겠다는 의지에서 비롯한 것이었다. 울주군 관내를 연결하는 대중교통 노선이 제대로 이루어지지 않아서 지역민들이 생활하는 데 어려움이 컸다. 그래서 울산역에서 삼남을 거쳐 통도사까지 이어지는 새로운 버스 노선을 신설하여 지역민들의 편의를 도왔다.

마침 ktx 열차 사업이 진행되고 있었다. 처음 계획된 노선은 서울, 대전, 대구, 부산으로 이어지는 경부선 방향이었다. 그런데 경주 방향으로 노선을 변경한다는 논의가 거론되고 있었다. 그래서 노선이 변경될 시 지역의 역 유치를 위해 시민운동이 벌어지고 있었다. 여기에 시의원 대표로 참여하여 경주 시민과 함께 100만 시민 서명운동을 활발히 전개하였다. 그 결과 ktx 노선이 경주를 지나가는 노선으로 바뀌었다. 거리를 살펴서 경주와 울산 시민들이 편리하게 이용할 수 있는 곳에 역 한 개를 유치하면 될 일이었다. 그런데 경주시에서 자기들 지역에 역을 유치하려고 열심히 움직였는데, 그 때문인지 경주 건천 지역에 역사가 들어서게 되었다. 그렇게 되면서 울산역도 생기게 되었다. 사실 역이 하나 들어서면 지역경제에 미치는 영향이 크기 때문에 지역 실세들은 자기들에게 유리한 곳에 역을 유치하려고 무던히 애썼다. 몇백만 평의 부동산을 미리 확보해두는 사람도 있었다. 이런 힘의 작용으로 우리 지역에서 울산역을 갖게 되었다. 어부지리인 셈이었다.

당시 100만 시민 서명운동을 벌일 때 나는 울산 시의원 대표로 울산대 김성득 교수, 송철호 변호사와 함께 공동대표를 맡았다. 울산역이 생기게 된 것은 경주 시장이 건천 지역을 선택한 것이 결정적이었고 그다음은 몇 차례의 세미나를 열어서 온 신역으로 이어지는 노선을 이끌어낸 김성득 교수의 역할이 컸다. 또한 송철호 변호사도 큰 역할을 했다. 공동대표라는 간판은 달고 있었지만 울산역 유치에 내가 기여한 일은 별로 없었다. 그런데 아이러니하게도 울산역이 생기고 나서 가장 크게 경제적인 이득을 본 것은 나였다. 내가 살고 있는 삼남 지역에 울산역이 들어섰기 때문이다.

나랏돈 9억 원을 절감

행정기관에서 예산을 세우면 의원들은 그 예산을 검토해서 결정을 내린다. 당시 울산 남구 여천 지역 하수처리장에서 냄새가 심하다는 민원이 많았다. 그래서 일본에서 하수를 처리하는 방식을 도입해서 이 문제를 해결하겠다는 사업안이 들어왔다. 담당 공무원이 사업자와 함께 의회에 와서 사업안을 설명하면서 29억 원의 예산이 든다고 밝혔다.

"그 정도 예산이면 충분히 해결할 수 있습니까?"

참석한 사업자에게 물었더니 가능하다고 답했다. 워낙 큰 예산이 들어가는 사업이어서 시행하기 전 일본에 가서 직접 확인하였다. 가서 보니 오물 냄새도 나지 않고 오물은 퇴비로 처리하는 등 듣던 대로 좋았다. 그 사업을 진행하기로 했다. 그런데 훗날 사업 보고서가 올라왔는데 사업 예산이 38억 원으로 되어 있었다. 담당계장에게 29억으로 충분히 할 수 있다고 했는데 38억이 말이 되냐고 했다. 담당자들은 서로 얼굴만 쳐다볼 뿐 아무 말도 하지 못했다.

결국 29억으로 그 사업을 진행했다. 예산을 9억 삭감한 것이다. 같은 상임위에 있었던 다른 의원들은 그 사업 보고서를 보고도 숫자 개념이 없어서인지 아무런 문제를 제기하지 않았다. 당시 초기 지방의원들은 무보수 명예직으로 한 달에 의원 활동비 18만 원을 받았다. 무보수 의정 생활을 하면서 국민이 낸 세금 9억 원을 아꼈으니, 정말 뿌듯했다. 시민들이 의정 활동을 잘하라고 뽑아준 것에 대해 의원으로서 값어치를 했다고 여긴다. 몇 년이 지난 후 당시 담당 공무원에게서 그 일로 원망 아닌 원망을 듣긴 했지만 말이다.

예산을 집행하는 데에 이런 눈먼 돈이 얼마나 많을 것인가. 몇천억 되는 예산을 의원들이 두 눈 부릅뜨고 감시해야 하는데, 한통속으로 대충 넘어가고 있는 게 아닌가 싶었다. 그러다 보니 지방의원들을 없애야 한다는 비판의 소리가 나오는 게 아니겠는가. 자신들이 철저하게 감독하는 양, 몇백 원 차이가 나는 사무용품 구매 가격은 꼬치꼬치 따지면서 몇천억 되는 예산에 대해서는 별다른 삭감 없이 통과시키고 있으니 안타까운 노릇이다.

어쨌든 의정 생활을 하다 보니 농사일은 소홀해져 소득은 줄고 빚만 쌓여 갔다. 문득 다른 의원들은 얼마나 저축을 많이 했기에 저리 잘 견디나 싶은 생각이 들었다.

군의원으로서의 의정 생활

잘못된 행정이 뚜렷이 보이다

울산 지역은 1960년대 공업지구로 지정되어 많은 산업체들이 들어왔다. 산업체들은 경쟁 속에서 나날이 발전하여 세계적인 기업으로 발돋움해 갔으며 우리나라 경제를 부흥시키는 원동력이 되었다. 그때 울산시에서 행정적으로 뒷받침을 잘해 주었다면 울산의 산업체와 관련된 수천 개의 공장들이 경주시나 양산시로 빠져나가지 않고 울산시에 정착할 수 있었을 것이다. 다른 광역시에 있는 도시철도 시설도 경제성이 없다며 반대했다. 울산광역시는 서울특별시 면적의 1.7배다. 시의 균형적인 발전을 위해 울주군 쪽에 교통문화시설을 갖추는 정책을 펼쳤다면 그곳에서 일하는 근로자들이 부산이나 양산으로 빠져나가지 않았을 것이다. 이처럼 행정적 뒷받침이 없다 보니 결국 산업체에 땅만 제공하고 사람들은 다른 도시에서 살았다. 행정의 잘못된 시책을 감독하고 바로잡을 의원들이 68명이나 되는데도 시정하지 못했다. 행정 일을 하는 공무원들과 혈연, 학연, 지연 등으로 엉켜 있다 보니 '감독'이라는 의원의 본분을 제대로 수행하지 못한 것이다.

의정 생활을 하는 동안 유럽을 시찰할 기회를 가졌다. 해외에 나가 보니 우리나라의 산업체 간판을 곳곳에서 볼 수가 있었다. 자랑스러웠다. 유럽 도시에서는 몇백 년 된 건물을 예사로이 볼 수 있었다. 그 오랜 시간 자연재해도 많았을 텐데 무너지지 않고 온전히 보존된 것이 놀라웠다. 이처럼 완벽하게 유지된 데에는 행정의 힘이 크다고 여겨졌다. 일 년이 멀다 하고 시설물을 뜯고 고치는 우리나라 행정과는 너무 달랐다.

울산 산업체들은 앞선 경영으로 세계 일류라는 소리를 들었으며 울산시의 1인당 1년 소득은 4만 달러에 이르렀다. 이처럼 세계적 수준에 이르렀지만 도시 기반시설과 행정은 몇백 년 전의 과거에 머물러 있다. 선진 도시에서는 사람들의 편의를 위해 대중교통 시설을 확충하는데 울산에서는 수십만 근로자들이 자가용으로 출퇴근한다. 학생들마저 바쁜 시간을 맞추기 위해 자가용으로 등교한다. 교통·행정이 시대발전에 따라가지 못하는 것이다. 울주군에는 크고 작은 공장이 800여 개 있는데, 그곳에서 일하는 근로자들이 창출하는 소득이 연간 1조 원이 넘는다. 그 소득이 울주군에서 쓰인다면 울주군의 경제 활성화는 저절로 이루어질 것이다. 그런데 울주군에 돌아오는 것은 그 소득의 10%에도 미치지 못한다. 울주군은 전국에서 가장 큰 군이라는 자랑만 있을 뿐 사람들이 편하게 살 수 있는 여건은 미련디이 있지 않다. 안타까운 일이다.

지역에 젊은 사람들을 살게 하려면 첫째는 교통, 둘째는 교육·문화, 셋째는 도시화가 이루어져야 한다. 그런데 울주군은 불편한 여건만 고루 갖추고 있으니 젊은 사람들이 정착하려고 하겠는가. 게다가 군에서 행정 일을 하는 사람의 대부분이 울주군이 아닌 다른 지역에서 살고 있으니 군 생활에 관심을 가질 리 만무하다. 울주군은 좋은 입지 조건을 가지고 있는데도 울주군의 발전을 도모하는 것이 아니라 주변의 부산이나 양산, 경주의 발전을 도와주는 형세다. 울주군은 울산시의 70% 면적을 점유하고 있는데도, 행정 관청이 남구에 있다. 군민들이 그곳까지 가서 관청 업무를 보는 데 드는 시간과 비용을 생각한다면 청사를 몇 개 짓고도 남을 것이다.

군의원에 나서다

의정 생활을 하는 동안 울주군민들의 불편한 생활이 더욱 분명하게 보였다. 아이들은 버스를 몇 차례 바꿔 타가며 등하교를 했다. 서너 시간을 길거리에다 허비하는 꼴이었다. 통학하는 시간이 길면 피곤할 수밖에 없고 당연 학교 생활에 지장을 주게 된다. 군 공무원들은 인근 시내에 살고 있어서 이런 불편함을 겪지 않았다. 그래서 군민들의 불편한 생활을 몰라서 혹은 알면서도 개선할 생각을 하지 않고 있었다. 이런 것을 개선하고 싶었지만 이루지 못한 채 시의원 생활을 끝내게 되었다. 군민들의 요구를 해결하지 못하는 자신의 무능함에 실망스럽기만 했다.

그래서 이런 점을 고치고자 다시 도전하게 되었다. 군민들의 생활과 더 가까운 군의회 의원직에 출마했다. 선거운동은 이전보다 더 힘들고 벅찼다. 상대 후보는 지역에서 활개를 치며 살았던 사람이었다. 그런데 나를 지지하는 사람에게서 믿기 힘든 소식을 전해 들었다. 상대 후보 쪽에서 차량 테러까지 계획하고 있다는 것이었다. 문명사회에서 그런 일이 일어날 수 있나 싶으면서도 나를 도우려는 사람이 전해주는 말인지라 근거 없는 이야기로 치부할 수도 없었다. 그 말을 들은 후 혼자 다니는 것을 피하고 늘 주변을 살피며 다녔다. 그러다 보니 선거운동이 아니라 몸 피하기 운동이었다. 다행히 지역민들이 나의 지난 의정 생활에 대해 좋게 보아 주었다. 그 때문에 상대 후보 쪽에서 더 발악했는지도 모르겠다. 나와 친분이 있는 사람에게 온갖 압력을 가하고 내게 흠집을 낼 만한 것들을 모두 찾아서 선거운동에 이용했다.

당시 울주 라이온스클럽 회장직을 맡고 있었는데, 상대 후보 쪽에서 나를 몰아내려고 술수를 벌였다. 우선 부회장 세 명을 자신의 선거운동 참모로 끌어들인 다음, 부회장들이 제 조직의 회장을 돕지 않고 상대 후보 쪽에 가서 책임자로 일하는 것은 조직의 수치라는 여론몰이를 했다. 내 명예에 흠집을 내려는 속셈이었다. 그동안 라이온스클럽 회장을 하면서 처용클럽을 만들었다. 그리고 지역에서 봉사 활동을 열심히 한 덕분에 경상남도 87개 클럽 중 3등으로 표창장을 받기도 하였다. 그런 나를 끝이내리

막강한 세를 지닌 상대 후보를 제치고 나를 당선시켜 준 지역민들에게 정말 감사했다.
의정 생활을 열심히 하는 것으로 보답하겠다고 다짐했다.

의원 재직 시절 행사를 진행하는 모습

려고 여러 사건을 조작하여 음해하려고 했다.

신상에 위협을 느끼면서 선거운동을 하다 보니 한 달이라는 기간이 길게만 느껴졌다. 상대 후보는 15년간 면장을 한 사람이고 그 아들은 경찰서에서 정보계 형사이다 보니 온통 주변이 그 사람들 세력이었다. 자칫 법에 걸릴까 싶어 선거운동을 제대로 할 수가 없었다. 평소 알고 지내던 지인마저 나와 얼굴 마주치는 것을 꺼렸다. 그래서 슬렁슬렁 선거를 치렀다. 별 탈 없이 선거운동 기간이 끝나고 선거일이 되었다.

그런데 놀라운 결과가 기다리고 있었다. 내가 당선된 것이다. 그것도 많은 표 차이로 말이다. 그동안 내 의정활동이 지역민들의 기대에 미치지 못했음에도 내가 최선을 다했다는 것을 알아준 것이다. 그토록 막강한 세를 지닌 상대 후보를 제치고 나를 당선시켜 준 지역민들에게 정말 감사했다. 내가 당선된 것은 세상에 정의가 살아있다는 증거이기도 했다. 나를 뽑아준 지역민들에게 의정 생활을 열심히 하는 것으로 보답하겠다고 다짐했다.

그런데 군의원이 되어 잘못된 일을 고치려고 노력했지만 늘 표결에서 밀렸다. 대부분의 의원은 군수가 집행하는 일에 감독권을 행사하지 않고 순순히 따르기만 했다. 내 뜻을 지키려고 고집했지만, 다수결에 밀리는 일이 다반사였다.

하루는 부군수가 내게 이야기 한 편을 들려주었다. 어느 날 하늘에 있는 옥황상제가 땅에서 나는 시끄러운 소리를 듣게 되었다. 그래서 신하에게 지상으로 내려가 시끄러운 소리가 나는 이유를 알아오라고 했다. 지상에서 올라온 신하가 옥황상제에게 이 렸었다.

"도둑질하는 것을 못 하게 하느라 어떤 사람이 떠드는 소리였습니다."

얼마 후 땅에서 시끄럽던 소리가 사라지고 조용해졌다. 옥황상제가 그 신하를 불러 다시 알아오라고 명하였다. 신하가 올라와서 아뢰었다.

"도둑질을 못 하게 하려고 떠든 사람을 내쫓아서 조용해진 것이었습니다."

나 들으라고 하는 소리였다. 바르게 일하는 것은 정말로 힘든 일이다.

홀로 원자력발전소를 반대하다

서생면에 원자력발전소가 들어서는 것에 의견이 분분하자 의원들 모두 일본에 원전 견학을 갔다. 후쿠시마 원전과 아오모리현 폐기물장을 방문하였다. 중대한 사안이라 열심히 경청하고 궁금한 것들을 물었다. 일본은 우리나라처럼 지하자원이 부족하여 값이 적게 드는 에너지인 원전을 이용한다고 했다.

"국민들의 반대가 없습니까?" 하고 물었더니

"반대가 많았습니다. 그래도 전기가 꼭 있어야 해서 건립했습니다." 하고 답했다.

일본은 지역에 필요한 전기는 그 지역에서 해결하고 있었다. 13개 지역에 53기의 원전이 있었다. 송전(발전소에서 생산된 전력을 변전소로 보내는 일) 거리가 멀면 전기 손실이 많이 생기므로, 그 거리

일본 북해도에 있는 원자력발전소를 방문했다.
함께 견학하고 왔지만 행정도 의회도 모두 원전 건립에 찬성했다. 17대 1로 나만 반대했다.

가 200㎞를 넘지 않는다고 했다. 원전 견학이 끝나갈 즈음에 담당자가 "원전 건설을 할 때 당초 수명이 30년이었는데 기술이 개발되어 20년 더 수명을 연장하였습니다." 하고 자랑스럽게 말했다.

원전에서 생기는 폐기물은 아오모리현에 있는 군사기지에 보관하고 있었다. 주변엔 인가가 없었고 철저한 방비와 통제 속에서 폐기물을 운반하고 있었다. 폐기물은 저준위, 고준위로 나뉘어 지하 깊숙이 보관되고 있었다. 보관하는 곳의 콘크리트 두께가 6m라고 했다. 자연 소멸되는 기간이 저준위는 300년이고 고준위는 2000년이라니, 방사능이 얼마나 무서운 것인지 짐작되었다. 이처럼 무시무시하니 유럽의 많은 나라에서 아예 원전을 세우지 못하도록 헌법에 명시해 놓은 것이 아니겠는가.

프랑스에 원전을 견학하러 갔는데, 파리에서 꽤 떨어진 지역에 있었다. 담당자에게 물어봤다.

"전기는 어느 지역에서 사용합니까?"

"대부분 파리에서 사용합니다."

담당자의 대답을 듣고 다시 물었다.

"그러면 파리 가까운 곳에 건립을 하지 왜 이리 먼 곳에 지었습니까?"

그랬더니 만일 사고가 났을 때 파리가 입을 피해를 줄이려고 이곳에 지었다고 말했다. 속으로 '파리에 사는 사람들 목숨은 귀하고 여기서 사는 사람들 목숨은 안 귀한가.' 하는 생각이 들었다.

그렇게 안전을 장담하는 원자력발전소라면 전기를 가장 많이 쓰는 서울, 경기 지역에 건설하는 것이 가장 합당했다. 송전 거리가 멀면 전기 손실도 많은 데다가 서울 경기로 송전하기 위해 세운 철탑으로 생기는 피해도 만만치 않으니 말이다.

견학을 마치고 돌아와서 원전에 반대하는 내 뜻을 강하게 펼쳤다. '원자력 전기가 싸서 해야 한다면 해도 좋다. 그 대신 전기를 가장 많이 쓰는 서울이나 경기 지역에 건설해라. 송전 거리가 멀면 멀수록 전기가 손실된다고 한다. 일본에 가서 보니, 송전 거리가 200㎞ 넘는 데가 없었다. 우리나라는 400㎞나 된다. 혹시라도 사고가 생길까 봐 인구 밀집 지역인 서울이나 경기 지역을 피하는 것인가. 그럼 여기는 사람이 안 사는 곳인가? 여기 부산, 양산도 인구 밀집 지역이다. 당신들이 그렇게 안전하다고 하니 서울, 경기에 건설해라.' 그런데 원전 견학을 함께하고 온 행정도 의회도 모두 원전 건립에 찬성했다. 17대 1로 나만 반대했다.

원전 지원금에 눈이 멀어 그보다 백 배 더 큰 것을 잃는 줄을 모르고 있는 것이었다. '원전을 이해하는 주부 모임' 같은 것이나 만들고 있으니 안타깝기만 했다. 최근 그토록 안전을 장담하던 일본의 후쿠시마 원전에서 사고가 나 바다 생선까지 먹을 수가 없는 지경이 되었다. 자연재해로 인한 사고라고 하는데, 우리나라도 그런 위험에서 자유로울 수 없다.

이처럼 행정에서 추진하는 것에 반대하는 것이 많다 보니 미움도 많이 받았다. 잘못된 정책이나 제도를 고쳐서 사회를 바르게 한다면 그깟 미움 받는 게 대수겠는가. 지방의원이 필요 없다고 하는 사람들이 있는데, 이는 잘못된 것이다. 지방의회가 만들어진 데에는 그만한 이유가 있다. 그 제도를 유용하게 쓰지 못하는 것이 문제지, 부정부패 때문에 필요 없다고 하는 것은 좋은 해결 방법이 아니다.

군수직에 도전하다

군의원 생활을 끝내고 군수직에 도전했다. 군수가 행정 집행자이기 때문이다. 예산을 세우고 집행하는 등 실제로 지역민들 생활에 직접 영향을 미치는 것은 행정이다. 더 직접적인 변화와 발전을 가져올 수 있는 자리였다.

사실 의정 생활을 하면서 빚이 쌓인 데다가 과수원 일도 제대로 못하는 판에 또다시 선거를 치른다는 것은 무모한 일이었다. 가족들과 주변에서도 만류했다. 그런데 울주군이 잘살 수 있는 길이 뻔히 보이는데 모른 척할 수도 없었다. 울주군의 젊은 학부모들은 아이들이 초등학교를 졸업하기 전 중학교 진학을 위해 인근 도시로 이주해 간다. 교통이 불편하고 지역에 중학교, 고등학교가 없으니 젊은 학부모들이 정착할 리가 만무하다. 또한 우리 지역은 산업체가 자리를 잡기 힘든 곳이기도 하다. 무학소주의 공장 건립 허가도 8년 만에 이루어졌을 뿐만 아니라 공장이 아닌 창고 건립으로만 허가되었다. 그리고 지역을 알릴 수 있는 신북산 케이블카 사업도 무산되었다. 이러한 불편한 여건 때문에 많은 산업체가 다른 지역으로 빠져나가고 있다. 발전될 수 있는 여건이 있는데도 잘못된 행정으로 퇴보하는 울주군의 행정을 바로잡을 자신이 있었다. 그래서 무소속으로 출마하였다.

지방자치는 그 지역에 사는 사람들을 잘살게 하기 위한 행정자치로 그 일을 잘할 일꾼을 뽑아야 한다. 하지만 지역에서 세를 떨치는 당의 공천만 받으면 당선이 보장되는 상황이었다. 지역의 사회단체는 선거 때 이용되는 조직으로 다져지고 조합의 대의원들도 돈과 세가 없으면 선출되지 못했다. 지역발전에 힘써야 할 행정이 엉뚱한 정치 노름에만 이용되고 있었다. 이런 상황에서 무소속으로 출마하는 것은 계란으로 바위 치기였다.

정당의 뒷받침 속에서 몇백 명의 당원들을 데리고 다니며 상대 후보는 선거운동을 벌였다. 나를 돕는 선거운동원은 40여 명이었다. 선거에는 모든 인맥이 동원된다. 일가친척, 학교 동창, 고향 사람들 등등. 그런데 나는 여기에 아무도 없었다. 결국 낙선을 하였다. 허탈하긴 했지만 도전한 것에 대해서는 후회하지 않는다. 내게 표를 준 몇천 명의 유권자들에게 감사한 마음뿐이다.

선거가 끝난 후 선거법 위반으로 벌금 50만 원을 받았다. 나를 알리려고 부재자 2,000여 명에게 선거공약 유인물을 전달한 것이 문제였다. 선거법을 잘 알지 못해서 벌어진 일이었다. 이렇게 까다로운 선거법처럼 공직사회에도 철두철미하게 법질서가 지켜진다면 얼마나 좋겠는가. 시의원, 군의원 생활을 8년간 하는 동안 남은 것은 엄청난 빚이었다. 그런 나와는 달리 여전히 화려한 생활을 하며 지내는 다른 의원들을 보니, 얼마나 돈을 많이 모아 두었으면 저리 살 수 있나 하는 의구심이 들었다.

실향민이어서 겪는 설움

사실 텃세가 심한 농촌 지역에서 아무런 연고가 없는 내가 시의원, 군의원으로 당선된 것은 놀라운 일이다. 대한민국에서 실향민은 끈 떨어진 연 같은 신세다. 선거판에서 10원짜리 하나라도 쓸라치면(물론 돈도 없지만) 바로 고발당하는 게 내 처지다. 지금까지 살아오는 동안 실향민이어서 겪은 설움과 울분은 참 크다.

내가 울산에서 과수원 붐을 일으켰다는 것도 그리고 아무것도 없는 상태에서 젖소 100마리를 만드는 것이 수월치 않다는 것도 사람들은 잘 안다. 또한 낙우회 회장을 7, 8년 하면서 농민들의 권익을 대변했다는 것도 사람들은 익히 안다. 그런데 이렇게 일을 잘해도 상을 안 준다. 어느 정도까지는 인정하지만, 그이상은 안 되는 것이 있다. 이북 사람이니까 이만큼까지라는 게 있다. 형편없이 일한 사람들한테 상은 줘도 열심히 일한 나한테는 주지 않았다. 이장을 하고 싶어도 시켜주지 않았다. 내가 고향에 있었다면, 이런 설움은 없었을 것이다.

내가 산에 과수원을 하고 목장을 만든 것을 보고 많은 사람이 따라서 했지만, 이에 대해 칭찬해 주는 사람은 없었다. 표창장을 받을 만한 일을 해도 아무도 추천해 주지 않았다. 아이든 어른이든 자신이 한 일에 대해 사회적으로 인정받고자 하는 욕구는 똑같다. 인정을 받고 칭찬을 받으면 더 잘하게 되는 법이다. 이곳이 이북이었다면, 이남에서 정상적인 교육을 받았다면 이런 대접을 받았을까. 크게 이루고 싶은 꿈들이 있었다. 그런데 그런 꿈과 포부를 제대로 펼칠 수 없었던 것이 내 실력이나 노력 때문이 아니라 실향민이라는 내 처지 때문이라는 것에 깊은 설움과 울분을 느끼지 않을 수 없었다.

4부

그리고 지금

나눔의 삶

21세기울산공동체운동의 책임자가 되다

현재 나는 21세기울산공동체운동에서 2009년부터 책임자로 일하고 있다. 이 공동체 법인을 내가 만든 것은 아니다. 김기현 전 울산시장이 국회의원 할 때 만들었는데, 후원자가 많고 잘 되었다. 현대자동차에서 3천 명이 천 원씩 모아서 하는 1프로 나눔이라는 것이 있는데, 여기서 조성된 기금을 받아서 운영하고 있었다. 공동체에 사람들이 많이 모이고 잘 되니까, 시장직을 염두에 둔 다른 경쟁자들이 내부 비리가 있다며 이를 찾게 했다. 사실 작정하고 비리를 찾자고 하면 못 찾을 것도 없었다. 아무래도 봉사자들이 많다 보니, 영수증을 잘못 처리한 것들이 있을 수밖에 없었다. 책임자인 사무총장이 잡혀갔다. 이렇게 되니 김기현 시장도 자신도 당하겠다 싶어서 그만두고 나갔다.

21세기울산공동체운동에서 2009년부터 책임자로 일하고 있다.

곧바로 무혐의로 사무총장이 풀려나왔다. 억울한 일을 당했는데도 사무총장은 뜻있는 일을 계속하기 위해서 해산된 조직을 다시 세웠다. 그때 '21세기울산공동체운동'라는 이름으로 바꾸었다. 당시 대한적십자 총재를 했던 이윤구 전 총재가 울산에 내려와 대학교에 나가 가끔 강의하고 있었다. 사무총장이 이분에게 총재직을 맡아달라고 요청했다. 지역에서 나름대로 명망 있는 사람들로 20명의 이사진이 꾸려졌다. 이북5도 연합회장을 하고 있던 내게도 그 제의가 와서 수락했다. 사실 공동체에서 이렇게 많은 이사진을 꾸린 것은 더 많은 후원금을 끌어들이기 위해서였다. 20명의 이사진 중 목사가 11명이었다. 그래서 더 잘 되겠다 싶었는데 1년 반 만에 부도가 났다. 몇 명 되지도 않은 직원들의 월급도 못 주고 있었고, 전기를 끊겠다는 통보까지 받은 상황이었다.

그래서 내가 이사진들에게 제안을 했다. 부도난 금액이 많지 않으니 그 돈을 이사진이 책임지고 이 상황을 극복하자고 말이다. 한 사람이 얼마씩 나눠 부담하자고 했는데, 다들 사표를 내고는 떠났다. 이렇게 되자 이윤구 총재가 나에게 그 직책을 맡아 달라고 했다. 그때 내가 내건 조건은 '내 뜻대로 일을 처리할 수 있는 권한'을 달라는 것이었다. 이 조건을 그쪽에서 받아들여서 그 직책을 맡게 되었다.

당신들이 후원한 돈을 멋지게 쓰겠소

먼저 7, 8명 있던 직원의 수를 반으로 줄였다. 월급만 축내고 일하지 않는 사람은 필요 없다고 했다. 그러고 나니, 해고된 직원들이 방송국에 고발하겠다고 하며 항의하기도 했다. 사실 내가 그 일을 맡았다고 해서 월급을 받는 것도 아니고, 단지 쓰러져 가는 조직을 살리기 위한 자구책이었을 뿐이었다. 그다음으로 후원을 그만둔 현대자동차에 찾아갔다. 자신들의 후원금이 제대로 쓰이지 않기 때문에 더 이상 후원을 못 해 주겠다고 했다. 그래서 말했다.

"나는 시골에서 농사짓는 사람이외다. 씨앗 한 톨로 백 개를 만드는 사람이외다. 당신들이 주는 돈 십만 원을 가지고 천만 원 효과를 만들겠소. 당신들이 후원한 돈을 멋지게 쓰겠소."

그렇게 설득을 해서 후원을 다시 받았다.

이제 그 일을 맡은 지 10년째로 접어든다. 촌놈이 총재라는 직함을 달고 있어서 좀 민망하기는 하지만, 나름대로 잘 꾸려가고 있으니 그 직함이 부끄럽지만은 않다. 공동체에서 가장 크게 벌이는 일은 밥상공동체 '밥퍼' 사업으로 어르신들에게 따뜻한 밥 한 끼를 대접해 드리는 것이다. 지정된 식당에서 월요일부터 토요일까지 오전 10시 반부터 11시 반까지 무료급식을 하고 있다. 하루에 평균 130여 분이 찾아온다. 그런데 오는 사람들 중에는 생활이 곤궁하지 않은 사람도 있다. 이에 대해 문제를 제기하는데, 그럴 만한 처지여서 오는 게 아니겠는가. 며느리가 출근해서

밥퍼 봉사활동을 함께한 현대중공업 직원들과 함께(2011년 4월 23일)

현대자동차 헌혈봉사회의 쌀 기증식(2011년 8월 26일)

혼자 밥 챙겨 먹기 힘들어서 오는 사람일 수도 있다. 여하튼 굶는 것보다는 밥을 챙겨먹어서 울산 시민으로서 건강히 지내게 하는 것이 좋다고 생각한다.

사람들이 세상이 나빠졌다, 나빠졌다 하지만 그건 모르고 하는 소리다. 이 일을 하면서 세상에 좋은 사람들이 정말 많다는 것을 새삼 알게 되었다. 공동체에 날마다 봉사하러 오는 분들이 30~40명에 이른다. 일 년에 공동체를 꾸리는 데에 들어가는 비용은 모두 후원금으로 충당된다. 공동체에 20명의 이사가 있는데, 이분들도 자신들의 형편에 맞게 매달 후원금을 내고 있다. 오늘이 자기 생일이라 백만 원을 기부하러 왔다고 온 사람도 있었다. 세상에는 이처럼 가난한 이웃들에게 손을 내미는 따뜻한 분들이 참 많다. 적자 없이 꾸려가기가 쉽지는 않지만 이렇게 후원해 주시는 분들 덕분에 이제까지 잘 꾸려올 수 있었다.

연말에는 후원자들에게 내가 농사지은 깨나 콩 한 되를 적은 양이지만 감사하는 마음을 담아서 답례품으로 보낸다. 매실 엑기스를 수백 개의 병에 나눠 담아서 보내기도 한다.

새벽 3시에 일어나 어시장에 가보라

공동체에서는 어르신들에게 무료급식을 하는 밥상공동체 '밥퍼' 사업 말고도 기업이나 개인에게서 식품을 받아서 어려운 이웃들에게 전달을 하는 '아름다운 푸드뱅크' 사업도 벌이고 있다.

또한 쓰지 않는 생활용품을 기증받아 값싸게 판매하는 '유무상통(有無相通) 우리가게' 사업도 하고 있는데, 자원도 절약하고 환경도 지키는 생활공동체 운동이다. 수화교실을 열어서 수화가 가능한 봉사자를 길러내는 교육도 하고 있다. 일상생활에서 어려움을 겪는 청각장애자를 돕기 위해서다.

그리고 지역의 중·고등학교 11개 학교와 결연을 맺고 '공동체 청소년 운동'을 벌이고 있다. 아이들이 봉사활동을 통해 공동체 의식을 배우고 건강하게 성장할 수 있도록 돕고자 한 것이다. '한 아이를 키우려면 온 마을이 필요하다.'는 말이 있다. 아이들을 바르게 키우기 위해서는 가정과 함께 학교와 사회, 국가가 모두 나서야 한다. 아이들이 우리 사회의 미래이기 때문이다. 자발적으로 봉사하러 오는 아이들도 있지만, 학교에서 담배를 피우다가 걸렸다든지 등 문제를 일으켜서 온 아이들도 있다. 봉사 활동을 하면서 자신의 행동을 돌이켜보라는 뜻일 것이다.

또한 가정형편이 어려운 아이들의 공부를 돕기 위해 학원비를 지원해 주고 있으며, 아이들이 큰 꿈을 꿀 수 있도록 선진국을 견학할 수 있는 기회도 제공하고 있다.

공동체에 오는 아이들에게 하는 말이 있다.

"한번쯤은 새벽 3시에 일어나 울산 어시장에 가봐라. 그때 벌써 나와서 고기를 파는 사람들이 있다. 세상에는 그렇게 힘들게 돈 버는 사람들이 많다."

사람의 마음은 참 묘한 데가 있다. 자기보다 잘사는 사람을 보면 자신의 처지에 불만을 느끼지만 자기보다 어려운 사람을 보면 자신의 처지를 감사히 여기게 된다. 아이들은 드라마나 영화를 통해 세상을 볼 때가 많다. 그 세상에는 힘들게 일하지 않아도 모든 것을 누리며 화려하게 살아가는 사람들이 있다. 그러다 보니 아이들은 자신의 처지에 불만을 갖기가 쉽다. 그런데 진짜 현실은 대다수의 사람들이 힘들게 일하며 살아가고 있다는 것이다.

새벽의 어시장이 진짜 현실이다. 그곳에서 일하는 사람들이 만들어내는 활기 속에서 아이들은 자신이 많은 것을 누리고 살고 있으며 이를 감사히 여겨야 한다는 것을 깨닫게 되지 않을까 싶다. 그리고 우리 사회를 지탱하는 사람들이 누구인지도 알게 되지 않겠는가.

학부모들로부터 가끔 감사 전화를 받기도 한다. 아이가 공동체에 다녀온 후 좋아졌다면서 말이다. 기쁘고 감사한 일이다.

요즘 생활

내 인생의 가장 큰 복인 아내

서울에서 모든 것을 잃고 몸까지 병들어 이곳 삼남에 내려왔을 때, 아내는 나보다 더 굳센 마음으로 그 어려운 생활을 이겨 냈다. 그때의 고마움과 미안함을 어떻게 다 표현할 수 있을 것인가. 논농사와 다르게 배밭 농사는 여자들의 일이 많다. 아내는 집안일을 하고 세 아이를 기르면서 배밭 일까지 해야 했다. 열댓 명이 넘는 일꾼들의 점심뿐만 아니라 새참까지 챙기면서 하루에 배봉지를 3천 장 넘게 쌌다. 그리고 혼자서 배를 선별하고 포장해서 3, 4천 개의 상자를 만들어내기도 했다. 신기하게도 아내가 작업한 상자는 해당 무게와 정확히 맞아떨어졌다. 아마도 일을 너무 많이 하다 보니 절로 감각을 익히게 된 것이 아닐까 싶다. 배를 포장할 때 나는 다른 사람들보다 3배 정도 일손이 빨랐는데, 아내도 1.5배 정도 빨랐다.

아내와 함께

대한적십자사 회장 재임 시절 아내의 모습

유복한 가정에서 자란 아내는 결혼 전까지 농사일을 해본 적이 없었다. 그런 사람이 나를 만나서 저리 일을 잘하는 사람이 됐으니… 아내는 나를 만나서 육체적으로 고생도 많이 했지만, 마음고생도 많이 했다. 내가 고집이 세서 아내가 반대해도 내가 맘먹은 대로 기어이 했으니 말이다. 가끔 아내가 "나 때문에 당신이 이만큼 이룬 거예요."라고 큰소리를 치곤 하는데, 정말 맞는 말이다. 굴곡이 많은 내 인생에서 아내라는 든든한 지원군이 있어서 지금의 내가 있는 것이다.

아이들이 큰 다음에 아내는 주부대학교 회장, 울주군 적십자 회장 등 사회적 활동을 열심히 했다. 울주군 여성적십자에서 총무, 회장직을 10년 넘게 맡아서 했다. 아내는 적십자 회장을 명예직으로 여기지 않고 회장으로서 해야 할 일을 실질적으로 했다. 진짜배기로 일했다.

적십자 기금을 조성할 때 아내는 사람들에게 후원금을 보내달라고 하기보다는 직접 국수 장사를 해서 모금했다. 백사십만 원을 모으려면 천 원짜리 국수를 천사백 그릇 만들어야 했는데, 아내는 돈을 내고 사 먹는 사람들이 만족할 수 있는 국수여야 한다고 생각했다. 그러려면 가게에서 파는 국수보다 맛있어야 했다. 그래서 며칠 전부터 육수를 낼 다시마나 멸치, 무 등을 넉넉히 준비했다. 아내 혼자서 할 수 없는 일이라 내가 옆에서 그 일을 거들었다. 끓인 육수를 우유 통에 담고, 국수를 삶을 때는 나무를 싣고 가서 불을 땠다.

아내는 이처럼 실질적인 일을 했다. 이름만 있는 엉터리 회장

노릇은 하지 않았다. 그래서 여러 차례 상패를 받기도 하였다. 아내는 지금도 자신이 하는 일을 지켜본 공무원들로부터 인사를 받는다. 엉터리로 된 장부를 말끔하게 정리하는 등 일을 야무지게 잘해서 관에서도 아내가 계속 일해 주기를 바랐지만, 집안일이 많아서 사회활동을 계속하지는 못했다.

종교에 관심이 없는 나와 달리 아내는 불교 신자다. 아내는 오디 잼을 만들어서 다른 사람들에게 선물하는 등 우리가 농사지은 것을 아낌없이 나눠 준다. 이런 것을 볼 때면, 부처님이 말하는 자비가 이런 것이구나 하는 생각을 한다. 아내는 이처럼 신앙생활도 겉치레로 하지 않고 진짜로 하는 진실한 사람이다. 이런 아내를 만난 것은 내 인생의 가장 큰 복이다.

지금도 새벽에 일어나 일하며

아침 5시에 일어나서 밭에 나가서 일한다. 살림에 크게 도움은 안 되지만 밭에서 난 작물로 남에게 베푸는 것이 좋다. 공동체에 후원해 주신 분들에게 연말에 답례품으로 보내주기도 하고, 문중 시제 지낼 때 과일을 보내기도 한다.

이래저래 엮여 있는 모임이 많아서 외출을 많이 하는 편이다. 농사짓는 사람들 모임이 있는데, 그곳에 나가 내기 장기나 바둑을 둘 때 일부러 져주기도 한다. 무엇보다 공동체에서 봉사하는 생활에 만족한다.

건강도 젊었을 적에 결핵을 심하게 앓은 것 말고는 달리 크게 아픈 적이 없으니 감사한 일이다. 그때 결핵은 처가에서 오소리 기름도 해 주고 몸보신 약을 여러 가지 해 주어서 나았다.

2016년 4월 30일, 현대자동차에서 개최한 산악마라톤 대회에 참가해서 완주했다. 11.4㎞였다. 도중에 넘어져서 좀 다쳤는데, 그때 내가 나이가 들었다는 것을 실감했다. 사실 이북은 겨울이 일찍 시작되고 길기 때문에 스키를 타는 것이 일상이다. 그래서 아주 어렸을 때부터 스키를 타게 되는 아이들은 다치지 않고 유연하게 넘어지는 법을 자연스레 체득하게 된다. 그랬던 내가 넘어지지 않을 데서 넘어져 피까지 흘리니, 당황스러웠다. 그제야 나이가 들었구나 싶었다. 이런 생각을 이제 했다는 것이 다른 사람들에게는 황당할 수도 있겠지만 말이다.

지금 준비하고 있는 것이 있다. 나는 6·25전쟁 당시 3년 동안 군부대에서 군속으로 일했지만, 참전용사로 인정받지 못했다. 당시 이북에서 온 사람들은 군 서류에 이름을 올릴 수 없었다. 육군 3사단 23연대 3대대 대대본부 인사과에서 군속으로 근무했고 이를 증명해 줄 사람들이 있었는데, 지금은 다들 고인이 되고 말았다. 6·25전쟁 중 군속으로 일하면서 전쟁의 참상을 목격하였다. 그런 시간을 보낸 것에 대해 사실 그대로 인정받으려고 하는 것이다. 증거 자료를 준비해서 국방부에 다시 올릴 준비를 하고 있다.

다시 배나무를 심으며

예전보다 배값이 떨어져서 농가에서 배나무를 베고 키워나 블루베리를 심는다는 소리를 종종 듣는다. 그런데 나는 최근에 배나무를 5백 그루 새로 심었다. 배로 돈을 벌었던 사람으로서 다시 한 번 배농사를 부흥시키고 싶은 욕심이 있다. 새로운 것을 개발해서 소비자들이 비싼 돈을 주고도 사먹고 싶은 배를 생산할 계획이다. 그럴 자신이 있다.

예전에는 2천 평에 6m 간격으로 해서 배나무를 2백 그루 심을 수 있었다. 그런데 지금은 1m 간격으로 나무를 심는 밀식재배로 6백 그루를 심을 수 있다. 밀식재배는 나뭇가지를 두 개만 남겨두고 모두 잘라 버린다. 그 때문에 성장이 빨라 3년이면 수확할 수 있다. 예전에는 7년이 되어야 수확이 가능했다. 이처럼 농법도 나날이 새로워져서 품질은 더욱 좋아지고 수확량도 많아지고 있다.

농사도 과학적으로 지어야 한다. 배나무의 가지가 어울려서 하늘의 70% 이상을 가려야 한다. 가려지지 않은 나머지 30%로 햇볕과 바람이 들어와야 한다. 이 정도의 햇볕과 바람을 쏘여야 맛 좋은 배가 열리는 법이다. 물론 토질도 굉장히 중요하다. 모래땅은 나무가 빠르게 성장하지만, 맛은 떨어진다.

배나무가 자라는 여건은 모두 다르다. 토질도 다르고 햇볕이나 바람을 쐬는 양도 달라서 배의 맛이 각기 다를 수밖에 없다. 그리고 구매자마다 좋아하는 맛도 각기 다르다. 그래서 이제는 내가 농사지은 배의 맛을 좋아하는 구매자들을 찾아내어 그들에게 팔아야 한다.

만약 당신이 한 해에 배 2천 상자를 수확한다면, 당신의 배를 사서 먹을 2천 명을 찾아라. 당신의 땅에서 나는 과일 맛을 좋아하는 사람들을 찾아서 팔아라. 인터넷이라는 매체를 이용한다면 충분히 가능하다. 나무를 많이 심기보다는 판매가 100% 보장되는 방법을 강구해야 한다. 배나무 밭에서는 나물과 같은 부산물이 있기 마련이다. 자기 집의 배를 사는 구매자에게 나물도 같이 준다면 다른 농가보다 경쟁력에서 앞설 수밖에 없다. 가장 중요한 것은 맛이 우수한 배를 만들어야 한다는 것이다. 촉진제를 써서 맛없는 배를 만들지 말아야 한다. 이제는 이처럼 새로운 농법과 마케팅이 필요한 시대다.

그런데 이러한 새로운 농법과 마케팅과 함께 예전의 좋았던 점은 유지되었으면 하는 바람이다. 예전에는 배나무 주변을 30㎝에서 40㎝의 깊이로 땅을 파서 퇴비를 묻었다. 그런데 지금은 퇴비를 뿌린 후에 땅을 갈아 버린다. 나무뿌리는 자신의 양식인 퇴비를 따라 움직인다. 땅을 파서 퇴비를 묻어둔 곳의 나무는 뿌리가 깊이 뻗어가지만, 퇴비를 뿌려서 땅을 갈아버린 곳의 나무는 그 뿌리가 얕게 뻗어갈 수밖에 없다. 가물지 않을 때는 이러한 차이가 문제 되지 않는다. 하지만 오랫동안 가뭄이 지속되면, 뿌리가 깊은 나무는 가뭄의 영향을 덜 받지만, 뿌리가 얕은 나무는 가뭄에 영향을 크게 받는다.

그런데 요즘 사람들은 힘들다는 이유로, 예전과 같은 농법으로 농사를 짓지 않는다. 다행히 땅을 깊게 파는 기계가 나와 있다. 힘들이지 않고 예전처럼 농사를 지을 수 있게 된 것이다. 나뭇잎이 10월까지 싱싱하다면 농사를 잘 지은 것이다. 수확할 때 나뭇잎이 싱싱하면 과일 맛도 좋다. 결국은 나무가 튼튼해야 병도 걸지 않고 과일도 잘 열리는 법이다.

설날을 맞이할 때면

전 국민이 설을 맞아 이동하는 모습을 TV에서 볼 때면 고향에 대한 그리움이 사무친다. 오래전부터 내려온 풍속인 설은 우리나라 명절 중 가장 큰 명절이다. 조상에게 제사를 지내고 친지들에게 세배를 올리는 것을 당연한 도리로 여기며 살았다. 그러하기 때문에 나라에서도 3, 4일간을 휴일로 정하여 옛 풍습을 이어가도록 하고 있다. 그런데 이러한 본래 뜻을 어기고 설 연휴를 외국에 놀러 갈 기회로 생각하는 사람들이 점차 늘어가고 있다. 물론 몇 시간씩 차량이 밀리는 고생스러움도 있고 음식을 장만해야 하는 수고로움도 크다. 하지만 일 년에 몇 번 있는 명절에 그런 수고마저 하지 않으려고 하는 것은 잘못된 일이 아닐까 싶다. 명절 때 힘들어서 이혼하는 젊은 사람들이 많다는 이야기를 접할 때면 쓸쓸하기만 하다.

6·25전쟁으로 고향 산천과 부모 형제를 이북에 둔 실향민인 나로서는 몇 시간 걸려서라도 찾아갈 수 있는 고향이 있다는 것이

고향에선 설날에 마당 한쪽에 떡돌을 마련해 놓고 떡을 해먹었다.
고향에 대한 그리움 때문에 냇가에서 떡돌로 하기에 적당한 바윗돌을 찾아내 집에 가져왔다.

부럽기만 하다. 한 달이 걸리더라도 찾아갈 수 있다면 얼마나 행복하겠는가. 그리움과 서러움으로 설을 맞이한 지가 69년이다. 69년 전 마지막으로 뵈었을 때 아버지의 나이는 서른여덟 살이었다. 그래서 내 기억 속의 아버지는 늘 젊다. 인민군으로 나가서 전사하셨다는 소리를 풍문으로 들었다. 확실한 것이 아니어서 제사를 지내지 않고 있다가 10년 전부터 처의 권유로 어머니와 함께 제사를 지내고 있다.

명절이면 고향길을 떠나는 사람들을 부럽게 바라본 지가 70년이 다 되어 간다. 남북 간의 화해와 평화라는 말이 난무하고 있지만 이산가족 문제는 아직 해결되지 못하고 있다. 이산가족 문제가 해결되지 않는 것은 실향민의 설움을 강 건너 불구경인 양 보고 있기 때문이다. 고향에 대한 그리움에는 부모형제, 친지뿐만 아니라 어린 시절 뛰놀며 자란 산천에 대한 그리움도 있다. 금강산 면회소가 아닌 고향땅을 밟을 수 있을 때 비로소 이산가족 문제는 해결되었다고 할 수 있으리라.

고향에서 맞이하던 설날의 기억이 지금도 또렷이 떠오른다. 풍족하게 먹고 입던 시절이 아니어서 먹을 것도 푸짐하고 새 옷도 입을 수 있는 설날을 손꼽아 기다리곤 했다. 집집마다 마당 한쪽에 떡돌을 마련해 놓고 떡을 해먹었다. 설이나 추석이면 동네 곳곳에서 떡을 치는 소리가 요란했다. 쌀을 한 말 넘게 하여 여러 날을 푸짐하게 먹었다.

울산에서도 설을 이북처럼 귀하게 여기지만 떡을 그렇게 많이 하지는 않는다. 쌀 한두 되로 떡을 한다. 고향에서 설맞이를 하던 그리움 때문에 집에 떡돌을 마련해 놓을 심사로 작천천을 찾았다. 그곳 냇가에서 떡돌로 하기에 적당한 바윗돌을 찾아내 집에 가져왔다. 가로 80cm, 세로 70cm, 두께 30cm 정도 되는 네모난 바윗돌은 수천 년 동안 흐르는 물살에 매끄럽게 다듬어져 있었다. 소나무로 떡메를 만들고 이것을 떡돌로 해서 떡을 치니 감회가 새로웠다. 고향에서 맞이했던 설날의 기분을 잠시 느껴보았다.

그리운 고향 음식

지역마다 특색 있는 음식이 있는데, 함경도는 냉면, 게맛살, 가자미식해, 명태찜 등이 유명하다. 가까이에 동해가 있어서 생선이 흔했는데, 그중에서도 명태가 많이 잡혔다. 지금이야 동해안에서 명태를 보는 것이 어렵지만 내 어렸을 때만 해도 정말 많이 잡혔다. 그때 우리나라 전체 인구가 3천만이었는데, 한 집당 두 두름을 먹을 수 있을 정도도 많이 났다. 명태 한 두름이 스무 마리니 두 두름은 마흔 마리다. 어획량이 엄청 난 것을 알 수 있다. 기록에 따르면 조선 후기부터 전국 모든 곳에서 함경도 명태가 팔렸다고 한다.

지금 우리가 먹는 명태와는 비교할 수 없을 정도로 맛이 좋았다. 무엇보다 싱싱했다. 명탯국을 끓일 때면 한 두름, 즉 스무 마리를 넣어서 끓였다. 한두 마리 넣어서 끓이는 국물 말하고는 비할 바 없이 진하다. 다른 생선처럼 비린내가 나지 않고 맛이 구수해서 누구나 즐겨 먹었다. 한겨울 밥상에 명탯국이 올라오면 다들 두세 그릇씩 먹었다.

그리고 겨울에 말린 꾸들한 명태를 많이 넣어서 김치를 담았다. 함경도에선 여기처럼 김치를 짜게 담지 않고 싱겁게 담는다. 싱겁게 담은 김치를 땅에 묻고 숙성시켜서 먹는다. 명태와 어울려서 김치 맛이 시원하다. 아이들이 아프면 김칫국물을 먹였는데, 신기하게도 금방 병이 나았다. 이 김칫국물에 냉면을 말아먹기도 하였다.

말린 명태를 찢어서 고춧가루 등의 양념을 넣어서 무쳐서 먹기도 하였고, 명태 내장과 알로는 창난젓과 명란젓을 만들어 먹었다. 싱싱한 것으로 젓을 만든지라 맛이 아주 좋았다. 명태는 말 그대로 버리는 것 하나 없이 다 먹는다. 농가에서 아이들에게 주는 간식거리가 있는데 명태 눈알이다. '그런 것도 먹나?' 하고 의아할 수도 있겠지만 고소한 맛이 일품이다. 작업장에서 겨울에 말린 명태 머리를 잘라내서 손질해 주면 눈알을 공으로 가져올 수 있다. 농가에서는 명태 눈알을 몇 포대씩 준비해서 아이들이 심심해할 때면 간식으로 준다. 소화도 아주 잘됐는데, 그 때문에 쉬이 배고파진다고 주지 않기도 하였다. 명태 눈알을 반찬으로 해먹어도 아주 맛있다. 버리는 것 하나 없이 명태 하나로 여러 음식을 만들어서 사시사철 먹었다. 우리 조상의 지혜로움과 야무진 면모를 엿볼 수 있다.

명태로 하는 음식 말고도 함경도 음식에는 특이한 것이 많다.

그중에서 내가 가장 좋아하는 음식이 가자미식해다. 가자미식해는 소금에 절인 가자미살에 무, 조밥, 엿기름, 고춧가루, 파, 마늘 등을 섞어서 삭힌 음식이다. 식해에 흰 쌀밥이 아닌 조밥을 쓰는데, 이것은 조밥이 알이 작고 단단하여 흰 쌀밥처럼 밥알이 풀어지지 않기 때문이다. 새콤한 맛과 단맛이 있어서 밥반찬으로 아주 좋다.

그리고 털게도 많이 잡혔는데, 크지는 않아도 살이 두툼했다. 제사를 지낼 때 게살을 15cm 정도 푸짐하게 쌓아 올려서 제사상에 올려놓는다.

명절 때면 어린 시절 먹었던 고향 음식 생각이 많이 난다. 가끔 아내가 나를 위해 고향 음식을 만들어 주기는 하지만 아무래도 그 시절 먹었던 맛과는 다를 수밖에 없다. 머지않아 고향에 가서 고향 사람들이 해주는 가자미식해를 먹게 되는 날을 소망해 본다.

나의 짧은 생각들

농부들에게도 아낌없는 칭찬과 상을 주어야

잘하면 상을 주고 못 하면 벌을 주는 것이 사회 이치다. 공부를 잘하는 사람, 달리기를 잘하는 사람, 노래를 잘하는 사람 등 어떤 분야에서 제일인 사람에게는 칭찬을 하고 상을 주기 마련이다. 그런데 우리 사회에서 농사를 잘 짓는 사람에게 상을 주는 것을 못 봤다. 농업은 먹거리를 생산하여 국민의 건강을 책임지는 중요한 산업이다. 스포츠경기에서 1등을 하면 인정해 주는 것처럼 1등 농사꾼도 인정해 주는 제도가 있었으면 좋겠다는 바람이 있다.

과수협회 세미나에 가서 들은 이야기다. 전라남도 해남에서 몇십 년간 공을 들여 키위 농장을 이룬 농부에게 정부에서 석탑산업훈장을 내렸다. 그런데 그분이 다른 산업 분야에서는 금탑, 은탑, 동탑, 철탑 훈장을 주는데 농민에게는 왜 석탑뿐이냐 하며 그 훈장을 거부했다는 것이다. 결국 철탑산업훈장으로 상이 바뀌자 받았다고 한다.

농업은 우리 경제의 근간이다. 그런데 사회 전반적으로 농업을 경시하는 인식이 깔려 있다. 정말 안타까운 일이다. 얼마 전 소재지 사거리에 현수막이 걸려 있는 것을 보았다. 한 직장에서 몇 십 년간 근무한 노동자에게 훈장을 수여했다는 내용이었다. 농사일에는 8시간 근무나 토요일, 일요일 휴무라는 법적으로 정한 최소한의 노동시간이라는 것이 없다. 농민들은 수십 년간 법정 근로시간보다 몇 배 많이 일하며 살아왔다. 이처럼 일하는 농민들의 공을 정부에서는 왜 인정해 주지 않는 것인가. 정부나 사회에서 농민들을 제대로 대접해 주지 않으니 젊은 사람들도 농사일을 기피하는 것이 아니겠는가.

산림을 개간하여 일자리를 만들자

지금은 기름이나 가스로 난방을 하지만 1950, 60년대에는 나무로 난방했다. 그래서 나무가 없는 벌거숭이산이 흔했다. 그 때문에 홍수로 인한 피해가 꽤 커서 정부 차원에서 녹화사업을 강하게 추진했다. 30여 년 동안 1백억 그루가 넘는 나무를 심었으며, 한편으로는 나무에 손을 대지 못하게 했다. 나무를 베었을 때 벌금을 물리거나 징역을 살게 하는 등 강력한 제재를 가해서 나무를 보호했다. 그리하여 오늘날 국토의 65% 이상이 산림으로 이루어지게 되었다.

산림이 홍수를 방지하고 야생동물을 보호하며 맑은 공기를 공급하는 등 공익적인 가치가 크다는 것은 인정한다. 하지만 나는 국토의 65%를 차지하는 산림의 일부를 개발해도 된다고 생각한다. 사람들은 논을 없애고 그곳에 주택이나 공단을 짓는 것을 대수롭지 않게 여기는 반면, 산림을 보호하는 데에는 열성적이다. 그런데 한 평의 논에는 수천 년간 이어져 온 사람들의 노고가 깃들어 있다. 아주 오래전 땅을 개간하고 주변에 못이나 저수지를 만들며, 논으로 이어지는 수로를 파서 지금의 논이 만들어진 것이다. 옛날부터 쌀을 생산하는 논은 사람들에게 생명줄과 같은 것이었다. 그런데 지금은 그런 논을 거침없이 없애고 그 위에 집을 짓는다. 이처럼 논을 없앨 것이 아니라 산림을 이용하면 어떨까 싶다.

국토의 50%만 산림을 유지해도 산림의 공익적 기능에는 문제가 없다고 생각한다. 그리고 산에만 나무를 심을 것이 아니라 독일처럼 평지에 심는 정책을 적극적으로 펼칠 필요가 있다. 그린벨트 등으로 산림에 손을 못 대게 하는 정책을 이제는 재고해야 할 때라고 생각한다.

도대체 산림을 개간해서 무엇을 하려고 그러느냐고? 일자리 창출이다. 백세시대를 앞두고 사회적으로 노인들 문제가 심각하다. 이는 노인수당으로 해결할 수 있는 문제가 아니다. 정부에서는 노인들 스스로 자립할 수 있도록 일자리를 창출해 주어야 한다. 경사도가 2, 30도 되는 완만한 산림을 개간해서 65세 이상 사람들에게 4백 평에서 5백 평 정도를 분양해서 농사를 짓게 하는 것이다. 요즘은 기계화가 이루어져 있어서 농사를 짓는 것이 예전처럼 힘들지 않다. 트랙터 같은 기계를 사용하는 것은 젊은 사람들에게 돈을 주고 맡기면 된다. 이를 통해 젊은 사람들의 일자리도 만들어질 수가 있다. 공기 좋은 곳에서 체력에 무리가 가지 않을 정도의 농사일은 노인들에게 정말 좋은 일자리라고 생각한다.

노인들에게 일자리는 경제적 이유뿐만 아니라 정신건강에도 중요하다. 나이가 들면 신체적으로 경제적으로 쇠락하게 된다. 그래서 노인들은 우울증에 취약할 수밖에 없다. 이러한 노인 문제를 해결하기 위해서는 정부 차원에서 노인 맞춤형 일자리를 창출해야 한다. 산림을 개간하여 노인들에게 농사지을 땅을 분양하는 것은 노인 문제를 해결할 수 있는 좋은 방안이라고 생각한다. 국회에서 산림을 이용하는 법 같은 것을 발의해서 백세시대에 맞는 일자리를 창출해야 한다고 본다. 지나치게 산림을 보호하는 데 급급해서 사회에 기여하지 못하게 하는 것은 사회적으로 큰 낭비다.

여행은 돈을 버는 여행이어야 한다

해외여행을 하는 사람들은 그곳의 이국적인 풍경이나 음식 등을 감탄하면서 관광처럼 다니기 마련이다. 하지만 나는 관광을 목적으로 여행해 본 적이 한 번도 없다. 내게는 해외여행을 할 때 원칙이 있는데, 그것은 '여행 경비로 삼백만 원이 들었다면, 그 열 배는 반드시 배워 와야 한다.'는 것이다. 자고로 여행은 관광이 아니라 돈 버는 여행이 되어야 한다는 것이 내 철칙이다.

해외에 처음 나가게 된 것은 목장을 하고 있을 때 일본의 낙농가를 견학하러 간 것이다. 그때는 일본이 우리보다 농법이 앞서 있었기 때문에 배를 재배하는 방법이나 가축 사육하는 방법을 배울 목적으로 일본에 여러 번 가게 되었다. 나중에는 군의원, 시의원으로 재직하면서 울산의 여러 문제, 즉 원전이나 노동 문제 등을 해결할 방안을 강구하는 차원에서 선진국을 시찰하러 가게 되었다. 이때는 나랏돈으로 가는지라 뭘 배우고 와야 한다는 생각이 더욱더 강했다. 적지 않은 나랏돈을 낭비하고 올 수가 없었던 것이다. 종종 나랏돈으로 시찰이나 견학을 목적으로 해외에 간 의원들이 유흥지에서 놀았다는 비판적인 기사를 접할 때면, '어떻게 저러고 다닐 수가 있나?' 하며 놀란 적이 있다. 해외여행을 이처럼 견학이나 시찰을 목적으로 가다 보니, 여행은 보고 배우는 데 의의가 있다는 생각을 자연스레 하게 된 것이다.

최근에 농촌진흥청 사람들하고 일본에 다녀왔다. 일본의 농촌도 우리나라처럼 어렵다는 것을 목격했다. 우리나라처럼 일본도 노인들이 농촌을 지키고 있었다. 일본 사회는 우리나라보다 고령화가 더 앞서 있다. 따라서 지금 고령화로 일본 사회가 겪는 문제는 머지않아 우리에게 닥칠 문제이기도 하다. 일본이 그 문제를 어떻게 해결하고 있는지 그리고 일본이 겪는 문제를 보면서 지금 우리가 무엇을 해야 할지를 고민하게 되는 여행이었다. 또한 일본의 새로운 농법을 배우는 귀중한 시간이기도 했다.

1년에 두세 나라를 여행하게 되는데, 그럴 때마다 그 나라의 장단점을 배우게 된다. 그런데 여행을 같이 간 일행하고 이야기를 나누다 보면, 그 사람에게는 그런 점이 전혀 눈에 들어오지 않는다는 것을 알게 되었다. '나보다 눈도 밝은 사람이 그런 것도 안 보이나?' 싶어서 혀를 차고는 한다.

모든 지식은 동등하다

어느 모임에서 대학교수와 함께 동석하게 되었다. 자연스레 말을 주고받다 보니 농사일 이야기가 나왔다.

"요즘에는 무슨 일을 하세요?"

"오늘 오전에 마늘을 심고 왔습니다."

내 답을 들은 교수가 의아한 얼굴로 물었다.

"마늘을 가을에 심나요? 봄에 심는 거 아닙니까?"

아마도 모든 농작물이 봄에 씨앗을 뿌려서 가을에 수확한다고 여기는 듯했다. 교수는 자신의 전공인 컴퓨터 프로그램에 대해서는 박사였지만 농사일에 대해서는 까막눈이었다. 나 또한 내 전문 분야인 농사일에는 박사지만 컴퓨터 프로그램에 대해서는 까막눈이다. 대학교수가 똑똑하다고 해서 내가 아는 지식을 아는 것은 아니다. 다들 자기 분야에서의 지식만 알고 있다. 문득 이런 생각이 들었다.

'그런데 왜 세상은 나만 무지렁이 취급하나?'

내게는 농사일을 전혀 모르는 그 교수도 무지렁이였다. 그런데 세상은 교수는 유식한 사람이고 나는 무식한 사람 취급을 한다. 책상머리의 지식은 높이 치켜세우면서도 현장 속에서 일하며 터득한 지식은 귀히 여기지 않기 때문이다. 농사지으며 터득한 내 지식이 교수의 지식보다 열등하다고 생각지 않는다. 일하며 터득한 내 지식도, 책 속에서 익힌 교수의 지식도 우리 사회의 발전에 각각 이바지하고 있다. 중요한 것은 바로 이 점이다. 학문적 지식처럼 현장에서 터득한 지식도 존중받아야 한다고 생각한다. 모든 지식은 동등하다.

아직도 하고 싶은 것이 많은 청춘

군수직에 다시 도전한 이유

지금도 하고 싶은 일이 많다. 그래서 앞서 두 번 도전해서 실패한 군수직에 다시 도전하였다. 나이가 너무 많다고 한다. 그것을 부정하는 것은 아니다. 그런데 거죽은 젊은이인데 실상 속은 비실비실한 사람이 있는가 하면, 거죽은 쭈그렁인데 팔팔한 사람이 있지 않은가. 단순히 체력만을 말하는 것은 아니다. 젊지만 젊은이다운 기상과 패기를 잃어버린 늙은 청춘은 또 얼마나 많은가. 나이, 나이 하는 사람들한테 하고 싶은 말이 있다. 군수 후보로 나온 사람들끼리 씨름을 해서 내가 지면 기권하겠다고 말이다.

하지만 실패하고 말았다. 명예욕이나 권력욕 때문에 도전한 것이 아니다. 우리 지역이 잘살 수 있는 길이 환히 보였기 때문이다. 그래서 사람들에게 알려주고 싶었다. 알려주는 것이 이곳에 터를 잡고 오랫동안 살아온 어른으로서의 의무가 아니겠는가 싶었다. 알려주지 않고 죽는다면 죄를 짓는 것이라 생각했다.

젊었을 적에 대림건설이나 현대건설 등의 하청을 많이 했다. 그러다 보니 백 원짜리 물건이면 그 원가가 얼마인지 쉽게 파악이 된다. 돈이 나가는 구멍이 뻔히 보인다. 책정된 예산이 천억이면 그중에서 삼백억은 줄일 자신이 있다. 울진군에는 800여 개의 공장이 있다. 일하는 사람들이 많다는 것이다. 그런데 초등학교의 수는 점차 줄어들고 있다. 울진에서 일하는 그 많은 젊은 사람들이 울진에서 살지 않고 부산, 양산에서 살기 때문이다. 행정을 잘하지 못한 탓이다. 젊은 사람들이 살 수 있는 문화시설이나 주택시설을 지어서, 그 사람들이 울진에서 살 수 있는 환경을 만들어야 한다.

나랏돈을 먹는 사람들은 외국에 나가서도 허투루 보고 오면 안 된다. 삼백만 원을 들여서 외국에 나갔다면 천만 원은 보고 와야 한다. 의원 시절 일본이나 프랑스를 갔을 때 한 가지라도 더 배우고 오려고 했다. 그게 공복 된 자라면 마땅히 져야 할 의무인 것이다.

실향민들을 위한 쉼터

이번에 국민포장을 받았다. 이북오도민 회장으로 있으면서 실향민과 탈주민을 위해 오랫동안 봉사한 것에 대한 결과이다. 40여 년간 내 행적에 대한 상이다. 물론 상을 받고자 한 것은 아니다.

실향민들의 설움을 잘 알기에 조금이나마 그들에게 도움과 위안을 주고 싶었다. 명절이면 돼지를 잡아서 몇백 명의 실향민들에게 대접을 하기도 하고 이북의 각 도를 대표하는 음식을 만들어 선물하기도 하였다. 이번에는 가자미식해를 만들어서 선물하기로 했다. 그리고 탈주민의 자녀 10명을 선정해 오백만 원의 장학금을 주었으며, 실향민들이 일본과 중국, 백두산을 여행할 수 있도록 돕기도 하였다.

그래서 두 번째로 하고 싶은 일이 실향민들을 위한 쉼터를 만드는 것이다. 건물을 매입해서 이북 사람들의 쉼터를 만들고 싶다. 몇 군데 돌아다녀 보다가 한 군데가 마음에 들어서 일을 진행하고 있다. 시청 옆에 있는 건물인데 1층에는 이북의 전통 음식점을 들이고, 2층에는 실향민들이 와서 담소도 나누고 놀이도 즐길 수 있는 편안한 장소를 만들려고 한다. 식당은 따로 세를 받지 않을 것이다.

다문화가족은 오늘이라도 집에 가려면 갈 수도 있고 전화도 할 수 있다. 하지만 실향민들은 고향을 지척에 두고도 오갈 수도 소식을 전할 수도 없다. 근데 문제는 이처럼 불쌍한 처지인데 불쌍하게 여기는 사람이 없다는 것이다. 나라에서 해주는 게 없으니 나라도 나설 수밖에 없다. 고향 사람들끼리 모여서 고향 음식을 먹으면서 고단하게 살아온 삶을 서로 위로하고, 고향 이야기도 나누면서 살면 좋지 않을까 싶다.

국민포장을 받았다.
실향민과 탈주민을 위해 오랫동안 봉사한 것에 대한 결과이다.

내 고향 퇴조, 단천을 잘살게 해주고 싶은 꿈

세 번째는 기회가 된다면 내 고향 퇴조를 잘살게 해주고 싶다는 것이다. 북녘땅을 두 번 밟을 기회가 있었지만 어린 시절을 보낸 퇴조와 단천에는 가보지 못했다. 2000년에 2차 이산가족을 신청할 때, 북한이 어려운 실정이라 도움을 주고 싶은 마음에 큰집의 여동생들을 찾는 신청을 했다. 하지만 여동생들의 소식을 듣지 못했다. 내가 큰집에서 생활했으니, 큰집 여동생들도 나 때문에 불편한 점이 많았을 것이다. 그때 진 빚을 갚고 싶었지만, 여동생들을 찾지 못했다. 하지만 금강산에는 다녀왔다.

그러고 나서 2008년에 두 번째로 북녘땅을 밟았다. 울산 민주노총에서 이북에 지원하는 후원금을 요청해 와서 낸 적이 있다. 그때 '내가 내는 돈이 내가 살았던 고향 농촌에 갔으면 좋겠다.'고 말했다. 만약 그렇게 된다면 돈을 더 낼 용의도 있다고 말이다. 그렇게 모인 후원금으로 평양에 국수 공장을 차렸다고 했다.

그래서 3박 4일 일정으로 방문하게 되었다. 평양에 갔는데, '선전만 하는 평양이구나.' 하는 걸 느꼈다. 집도 수리해야 하는데 그대로 두고 있었다. 호텔에서 야경을 보고 싶었는데 변변한 불빛 하나 없이 캄캄했다. 경제가 돌아가지 않는 것이 여실히 보였다. 평양 외곽에서 들에 있는 사람들을 봤다. 50여 명의 사람이 벼를 베려고 낫을 들고 있었다.

이남에서는 콤바인 한 대면 할 수 있는 일이었다. 사실 콤바인 한 대면 200명분이 일을 할 수 있다. 이남은 하루에 200㎞를 이동해서 일할 수 있는 조건이 오래전에 갖추어졌다. 아마 이북에서는 상상할 수조차 없는 일일 것이다. 기계화 덕분에 이남의 한 사람 노동력이 이북의 2, 30명 노동력과 맞먹는다. 내가 살았던 지역의 농민들이 쓴다면, 농기계를 지원해 주고 싶다. 더 나아가 지도도 해주고 싶다. 내 전문 분야가 농사 아닌가. 내 고향이 잘사는 걸 보고 싶다.

통일론에 대한 책을 출간하고 싶은 소망

네 번째는 통일론에 대한 책을 쓰고 싶다는 것이다. 이 땅에서 살아가는 사람들은 남북이 분단된 현실을 매 순간 자각하며 살지는 않을 것이다. 그러다가 남북관계가 긴장 국면에 들어서면 그때야 분단된 남북의 현실을 느낄 것이다.

하지만 실향민들은 다르다. 글로벌 시대에 가장 가까운 땅을 갈 수 없는 답답함을 늘 느끼고 산다. 한반도 가운데를 철조망이 가로지르고 있다는 것을 늘 자각하며 산다. 사람 몸으로 치면 혈류가 막혀 있는 것이다. 혈류가 막히면 몸이 제대로 기능을 못 하고 죽기 마련이다. 그건 민족이나 나라에도 해당한다.

사람들이 통일을 이야기할 때 통일 비용을 말하는데, 뭘 모르고 하는 소리다. 이북에는 지하자원이 풍부하다. 그 지하자원이 안타깝게도 지금 중국으로 흘러가고 있다. 이북의 인구는 이남 인구보다 훨씬 적다. 이남의 한 집에서 이북의 한 사람을 책임져도 되는 것이다.

젊은이들에게 전하고 싶은 메시지

밑바닥에서 일하는 것을 두려워 말라

지금 청년 실업자들이 많다. 일자리가 없어서가 아니라 고된 일을 하지 않으려고 하는 것이 문제다. 대학교를 졸업했다는 엘리트의식이 손에 기름을 묻히는 것을 허용하지 않는다. 그래서 백수로 지내는 것보다 주유소에서 알바로 일하는 것을 더 부끄럽게 여기는 실정이다. 조선 시대 때 양반들이 '나는 양반입네.' 하고 아무런 일을 하지 않는 것과 같다. 정말 안타까운 일이다. 대학을 졸업했다는 생각에 갇혀 보수와 직급이 어느 정도 보장되는 일자리만을 고집하는 것은 어리석다.

지금 똥을 치우는 일을 한다고 해서 나중에도 똥을 치우는 일을 하는 것은 아니다. 처음부터 좋은 일자리를 찾는 것에 너무 연연하지 말라고 하고 싶다. 어떤 일이든지 일을 하는 것이 중요하다. 일하며 산다는 것은 경제적 문제를 해결하는 것에만 그치지 않는다. 몸을 움직여 일하면 정신도 건강해지기 마련이다. 실업자로 지내는 시간이 길어지다 보면 자칫 자신감 결여, 우울증 등의 정신적인 문제에 부닥칠 수 있다.

농사일은 몇 개월 혹은 몇 년이 걸려야 수확을 할 수 있다. 내가 배를 수확하기까지는 8년여의 시간이 걸렸다. 먼저 산을 개간하는 데 1년여의 시간이 걸렸고 그곳에 배나무를 심어서 배를 수확하는 데 7년이라는 시간이 걸렸다. 세상의 모든 일은 이런 기다림을 통해 이루어진다. 부를 이루는 데에도 기다림의 시간이 필요하다. 그런데 요즘 사람들은 너무 성급하다. 아침에 수박 씨앗을 뿌려놓고 저녁에 수박을 먹겠다고 하는 꼴이다. 하루아침에 부를 이루려다가 그동안 쌓아두었던 부마저 잃어버린 사람을 많이 봤다.

당신이 가진 자원을 최대한 활용하라

언양에서 머슴살이할 때다. 겨울밤이면 동네 부잣집 일꾼들이 기거하는 방에 사람들이 모여들었다. 그곳에서 화투놀이를 하거나 술을 받아와서 먹기도 하였다. 그럴 때면 부잣집에서 김치를 내주었는데 엄청 짰다. 그러다 보니 사람들이 물을 많이 먹게 되고 오줌을 빈번히 누게 되었다. 그래서 그 집 오줌통이 금방 차곤 했다.

당시에는 똥, 오줌을 다들 거름으로 쓸 때라 귀했다. 그래서 남의 집에서 똥이 마려울 때면 그 집에서 누지 않고 제집까지 달려와서 일을 봤다. 그 부잣집에서는 일꾼들이 사는 방을 사람들에게 거저 내주고 짜디짠 김치를 줘서 논밭을 기름지게 할 거름을 두둑하게 챙긴 것이었다. 그래서 부자로 살 수 있었던 것이 아닐까 싶다.

40년 전 일이다. 우연한 기회에 서울에 있는 한 농장을 가게 되었다. 8백 평쯤 되는 비탈진 땅에 계단식 하우스를 지어놓고 있었다. 하우스 안을 들여다보니 종묘장이었다. 외국에서 사 온 씨앗을 심고 기르는 곳이었다. 몇천만 원의 수익을 올리고 있다고 했다. 그때 나는 언양에서 야산을 개간한 만 평의 땅에 배나무를 심어놓고 있었는데, 적자였다. 내가 가진 땅의 1/10로 엄청난 수익을 올리는 것을 보고서 '내가 가진 땅을 잘 활용해야겠구나.' 하고 깨달았다.

당신에게 천 평의 땅이 있고, 옆집 농부에게는 만 평의 땅이 있다고 해보자. 그렇다면 옆집 농부가 열 시간 일할 때 당신은 한 시간만 일해도 된다. 그런데 이렇게 한 시간만 일한다면 당신은 10년 후에도 여전히 천 평의 땅만을 소유하고 있을 것이다. 당신은 그 땅을 가지고 최소한 하루에 6시간은 일할 수 있는 일거리를 만들어야 한다.

이처럼 땅뿐만 아니라 당신 눈앞에 있는 모든 사물을 이용할 수 있어야 한다. 돌을 보면 담을 쌓겠다든지, 아니면 콘크리트로 쓰겠다든지 늘 사물을 이용할 궁리를 해야 한다. 당신의 집에 창고가 있다면 이를 빈 곳으로 나두지 않고 어떻게 활용할지를 생각하라. 사물의 기능을 최대한 끌어올려라. 그래야 사물에 가치가 생기는 법이다. 날아가는 먼지 하나도 놓치지 마라. 먼지도 모으면 퇴비로 활용할 수 있는 법이다. 모든 사물에서 가치를 찾을 수 있어야 한다.

당신도 부자가 될 수 있다

이 세상에서 일을 많이 한 사람들의 순위를 매긴다면 아마 나는 상위권일 것이다. 지금도 5시에 일어나서 일한다. 지금까지 살아오는 동안 수월한 게 하나도 없었다. 농촌에서 나만큼 일한 사람은 없을 것이다. 하루에 농약을 해도 다른 사람보다 열 배 가까이 일을 했다. 그래서 자신 있게 말할 수 있다.

"당신은 나보다 더 좋은 출발선에 서 있다. 30년만 열심히 하면 나보다 더 부자가 될 수 있다."

모든 사람이 잘살 수 있다는 것이 내 메시지다. 나는 이남에서 아무것도 가진 것 없이 머슴살이부터 했다. 곡괭이 하나로 개간하여 배밭을 일구었다. 그리고 젖소 한 마리를 100마리로 만들었다. 물론 그 와중에 많은 빚을 지기도 했지만, 지금은 다른 사람들에게 도움을 주면서 살아가고 있다. '지금과 그때는 다르다. 지금이 더 살기 어렵다. 꼰대 같은 소리 하지 마라.'고 할지도 모르겠다.

그런데 그때보다 지금의 여건이 더 좋다. 그게 사실이다. 그때는 돈을 벌 수 있는 일자리 자체가 부족했다. 사실 모든 사람이 잘살 수 있다는 것은 진리다. 현실을 모르는 이상주의자가 하는 소리가 아니다. 아주 단순한 논리다. 이 세상의 모든 일에는 대가가 따른다. 대가가 크냐 적냐의 차이는 있겠지만, 대가가 없는 일은 없다. 일을 많이 하면 그만큼 많은 대가가 따르는 법. 그러니 잘살 수 있는 것이다. 이런 단순한 진리가 실현되지 않는다면, 그 사회에 문제가 있는 것이다. 다시 한 번 말한다.

"지금 당신은 나보다 더 좋은 조건에 있다. 일하라. 그러면 잘살 수 있는 길이 열릴 것이다. 내가 살아온 인생이 바로 그 증거다."